南阳青年作家丛书

开满鲜花的大地

王璇 著

中原出版传媒集团
大地传媒
大象出版社
·郑州·

图书在版编目(CIP)数据

开满鲜花的大地 / 王璇著.— 郑州 ：大象出版社，
2016. 2
(南阳青年作家丛书)
ISBN 978-7-5347-8711-9

Ⅰ. ①开…　Ⅱ. ①王…　Ⅲ. ①散文集—中国—当代
Ⅳ. ①I267

中国版本图书馆 CIP 数据核字(2016)第 001202 号

南阳青年作家丛书
开满鲜花的大地
王　璇　著

出 版 人　王刘纯
责任编辑　石更新
责任校对　张迎娟　安德华
装帧设计　付锬锬

出版发行　大象出版社(郑州市开元路 16 号　邮政编码 450044)
　　　　　发行科　0371-63863551　总编室　0371-65597936
网　　址　www.daxiang.cn
印　　刷　郑州瑞光印务有限公司
经　　销　各地新华书店经销
开　　本　787mm×1092mm　1/16
印　　张　15.75
字　　数　192 千字
版　　次　2016 年 2 月第 1 版　2016 年 2 月第 1 次印刷
定　　价　40.00 元

若发现印、装质量问题，影响阅读，请与承印厂联系调换。
印厂地址　郑州市二环支路 35 号
邮政编码　450012　　　　　电话　0371-63956290

总　序

南阳是国家历史文化名城，文化底蕴厚重，文化资源丰富，文化名人辈出。理清南阳文化发展的脉络，才能更好地探寻南阳文化发展的道路与方向。通过这几年对南阳的了解与感受，我认为文化是南阳最突出的城市符号，是南阳未来发展的宝贵资源。

南阳是汉文化的昌盛之地，其标志性无可取代。早在战国时期，南阳就是全国的冶铁中心，农业、手工业都十分发达。西汉时，南阳"商遍天下，富冠海内"，为全国五大都市之一。东汉时，光武帝刘秀发迹于此，故南阳有"南都""帝乡"之称。经济的繁荣有力地推动了文化艺术的发展和昌盛。两汉、三国时期南阳名人荟萃：张衡的科学成就举世称誉，因而他被列为"世界十大文化名人"之一；以医圣张仲景为代表的汉代医药文化是中华民族乃至世界医药文化宝库中的瑰宝；足智多谋的军事家诸葛亮成为人类智慧的化身。南阳的文学、乐舞、绘画、雕刻等艺术门类异彩纷呈，各领风骚，在整个汉代文化艺术中占据着举足轻重的地位。特别是最能反映汉代艺术水平的南阳汉画像石和汉画像砖，朴素而不单调，豪放而不粗疏，被世人称为"东方艺术宝库"。

南阳是河洛文化、荆楚文化和秦巴文化的荟萃之地,其多样性特色鲜明。南阳文化既有河洛文化的典重质实,又有荆楚文化的清奇灵巧,还有秦巴文化的苍凉豪放。这是南阳自古以来优越的自然环境、发达的水陆交通和良好的社会经济环境决定的。南阳境内河流纵横,山川秀丽,是长江、黄河、淮河三大水系的分水岭和南北气候的分界线。从春秋战国时期起,南阳郡为秦、楚等国与中原各国的交通枢纽,由关中向江淮此乃孔道,由伊洛向荆襄此乃要冲,既是南北交通的咽喉,又是西北通往东南的必由之路。发达的水陆交通和优越的自然环境不仅为南阳的经济繁荣提供了得天独厚的条件,更为河洛文化、荆楚文化和秦巴文化在这里的交融与发展奠定了基础。

南阳是文脉相承的兴旺之地,其稳定性十分罕见。得益于优越的自然环境和区位优势,并且较少受到战争的影响,自古以来南阳文化都十分发达,兼容并包,千姿百态。兴旺的文脉如长河奔流滔滔不息,从未中断。自两千多年前到现在,南阳可谓"江山代有才人出,各领风骚数百年"。以科圣张衡、医圣张仲景、商圣范蠡、智圣诸葛亮这"四圣"为代表的历史文化名人灿若群星;"二十四史"里有记载的南阳历史文化名人超过800人。到了现当代,南阳名人仍然层出不穷。目前,仅南阳籍两院院士就有19人,占河南籍两院院士的三分之一。另外,还有以姚雪垠、二月河等为代表的南阳作家群等。

先辈留下的丰厚文化资源为我们开展文化建设提供了得天独厚的有利条件。我们要在传承和保护南阳厚重文化的基础上更好地创新与发展，充分发挥文化引领风尚、教育人民、服务社会、推动发展的作用，使文化成为实现南阳跨越式发展的新动力，成为南阳城市发展的终极竞争力，这是我们共同的历史使命。人类前行到今天，“文化是根，文化是魂”的共识更有力地彰显出文化本来应有的鲜明印记。如果说文化是人类改造客观世界过程中创造的精神成果的总和，那么，一个国家对民族精神的塑造肯定是文而化之的结果。在这个过程中，文学无疑充当着十分重要的角色。它不仅是民族精神最形象、最直接、最生动的体现，而且也考量着人类社会发展的文明程度。毫无疑问，南阳作家群在南阳文化建设方面发挥着积极的推动作用。南阳现有国家级作协会员30人、省级作协会员340人、市级作协会员450人，其中在全国知名或有相当影响的就有十数人。南阳作家群以整齐的阵容、众多的人数、独特的作品在中国当代文坛筑起一道亮丽的风景线，不仅成为文学豫军的重要力量，而且在中国文坛具有相当大的影响，是南阳当之无愧的文化名片和南阳人的骄傲，堪称南阳文化建设的一面旗帜。

近年来，南阳市委、市政府高度重视并支持南阳作家群的发展。为建设人才队伍，培养文学新人，南阳成立了文学院，加强了《躬耕》杂志、《南阳日报·白河副刊》等文学阵地的建设，为南阳的文学创作营造了良好的环境。全市广大作家坚持以人民为中心的创作导向，深入生活，扎根群众，创作了一批精品力作。这次我们从南阳老中青三代作家中遴选出35位代表，将其优秀作品以“南阳青年作家丛书”和“南阳作家自选集”两套丛书的形式结集出版，这是南阳文学发展史上空前的举措,旨在助推南阳文学创作,全面系统地展示南阳当代作家的整体实力,为南阳转型跨越、绿色崛起提供强大的精神动力和文化支撑。希望这种助推能够成为南阳作家投身文学创作的新动力,期盼各位作家在个性化的文学创作中获得更大的成功。

中共南阳市委常委、宣传部长　王新会

2015年11月19日

目　录

看风景的人

伴着新春的爆竹声，我在书房里敲出最后一个标点符号，这意味着我的第三本散文集——《开满鲜花的大地》已完成了初稿。对我来说，一个“孩子”就要“出生”了，这无疑是人生的大事、喜事，我内心的激动和兴奋可想而知。

不知为何，我竟想起了节前我们检察长孙保平在全体会上的一句话“国运昌则家运旺”，他指的是一个家庭、一个单位与国家的关系。而个人的成长又何尝不是这样呢？就我而言，没有国家倡导大力发展文化事业，没有南阳市委、市政府在文化事业上的大手笔——文化“300”计划，扶助青年作家出书，等等，也就没有我这本散文集的面世。因此，我真诚感谢南阳市委、市政府，也陡增了生长在南阳这块土地上的自豪感……

我也想起了许多瞬间。记得2006年春的一天，我接到了南阳市人民检察院副检察长郭国谦的电话，他要我为市院创办的《竞赛快报》撰写谈学习的专栏文章，我颇感意外：“您让办公室的同志跟我说一声就行了，还用劳您大驾？”电话那头郭检爽朗地笑了：“尊重作家嘛，我得亲自说！”那是我第一次与郭检打交道。2008年，我的第二本散文集《孤独的鱼》出版，时任河南省人民检察院副检察长的贺恒扬拨冗为我撰写书序《生活需要诗意的眼光》。应该说，如果没有写作的媒介，作为基层检察机关普通一兵的我何德何能如此有幸？他们的另眼相看，何尝不是因为文学作品的传递功能？

因文学而结缘，我得到了名家大师诸如二月河、周同宾等老师的关爱和扶持。我的第一本散文集出版时，二月河老师欣然为我这个他并不相熟的无名小辈赠写书序，周同宾老师更是耳提面命教诲我写作与做人……

特别让我感动的是一些编辑老师：去年夏天，我的拙作《狗尾巴草的夏天》在《检察日报》发表后，我很惊讶，因为那是我一年前的稿子，而检察日报社副刊部的编辑刘洋老师在电话里的回答更让我震撼和感动。她说："你去年来稿时夏季已过，所以今年才发出来，好作品应该让它活下来，让大家分享。"检察日报社的王守泉副总编为我的第二本散文集撰写评论《生生长流》，既有殷切希望又有中肯批评和勉励，让我备受鼓舞；万春副总编离开报社多年后，仍不忘为我鼓劲加油；还有彭诚、贾娜、崔伟等老师。我个人认为，一个作者的成长，离不开编辑的培育。而编辑与作者在空间上有着无法克服的距离，彼此间的交流总是有限的。因此，一个好的编辑，不仅仅是通过编辑稿件指引作者写作的道路，更重要的是让作者在与编辑的心灵共振中看到光明，产生一同行走的目标与动力。我很有幸，遇到了那么多优秀的编辑老师，与其说是人生的奇缘，不如说是文化的魅力！

在这个全新的春天里，当我的新书完成的时候，回望走过的路，我的内心充盈的竟都是感恩之情。在这一刻，我忽然觉得自己就是一个看风景的人！这大千世界里有那么多美好的人和物，这人生路上有那么多美好的瞬间，这个时代有那么多火热的激情在澎湃……在有限的生命里，发现美、领略美、感悟美，与大家共享美好，其乐无穷！

王璇

2015 年 3 月

第一辑　莲花处处开

初识二月河

认识二月河，是从他的作品开始的。本来对历史小说不大感兴趣的我，因为知道《康熙大帝》是家乡的作家写的，就从街头小贩的手中买了一套。这一看竟至痴迷，等到把二月河的书全部读完，我已是他忠实的粉丝了。

我对二月河的敬仰之情打动了一位和二月河老师相熟的文友。有一次，他主动提出要带我去认识一下二月河。从他的介绍中我知道了二月河是个很随和的人；也知道了在创作期间二月河的书房是“禁地”，因为书房中，从桌上到地下，摊满了有关的史料笔记和摘抄的纸条，实在没有下脚处；更知道了二月河最初是从事红学研究的，并已颇有造诣，人到中年才开始文学创作，而且一出手就是 500 多万字的鸿篇巨制，其间艰辛可想而知。二月河以一年一卷 30 多万字的神速进行创作，历时数年，终于把清朝盛世三位帝王 100 多年的历史画卷活生生地呈现在我们面前。

成名之后的二月河依然平易宽和，依旧还和比他小很多的文学青年在一起喝酒聊天，还常常同几个老朋友逛书店，稍有不同的是，最后总是他抢着买单。听过朋友的介绍，我心中的二月河更加亲切和生动起来,但考虑再三,我婉拒了朋友要带我去认识他的建议,因为我觉得看过一个作家的作品,就能够接近他的心灵,感受他的喜怒哀乐,见不见他本人倒不重要。

2006年,我决定要出自己的第一本散文集。书稿交给县文联的张玉峰主席时,他问我:“出书要有个序的,你想让谁给你作序呢?”我想都没想就说:“我想请二月河老师给我写序。”其时,我还没有真正接触过二月河,说这句话时,也真的没抱任何希望。张主席沉吟了一下说:“二月河老师很忙的,现在身体也不太好。我先和他联系一下再说吧。”下午,张主席打电话告诉我,二月河已欣然应允,还说一个女检察官搞文学创作很难得,要支持。张主席去给二月河送书稿时,我说:“给二月河老师付点费用吧,这毕竟是一项费时费心的劳动呀。”张主席当即替二月河谢绝了:“你还不了解他,你要真给费用,他还不给你写了呢。”不久,二月河就打电话让我们去拿稿。

见面之后,我暗暗吃惊:面前的二月河老师趿着棉拖鞋,穿着蓝色夹克袄,坐在小客厅窄小的茶几前,微笑着看着我……这哪里像一个知名的大作家?我不觉笑了,刚才还紧张忐忑的心一下子变得轻松而明快……他拿出给我写就的序稿,向我们招招手说:“不能多跟你们谈了,还有人在等我呢。来,我给你们念念。”然后指着文稿,一字一句地给我们念了一遍……

我的散文集出版后,很多人问我:“你跟二月河有啥特殊关系?面子咋恁大呢?”我对他们说:“二月河在给我作序之前,我们连面都没有见过。”看着别人一脸的困惑,我知道他们对我的话多是不相信的,但这确是事实:一位笔下有千山万壑、胸中有鸿篇巨制的大师,欣然为一个素不相识的寂寂无名者作序,无私扶掖。这就是我所认识的二月河老师!

二月河的南阳

想写这篇文章是源于二月河先生出任郑州大学文学院院长一职在南阳引起的风波。如今，这场风波早已尘埃落定，当初南阳公众的种种猜测和不安已成为烟云，而先生笃守自己对南阳的“三不”诺言，仍在南阳这块养育了“四圣”的古老土地上生活着，让南阳人集体松了口气。由此，也足见南阳人对先生的热爱之深。

我当初听到这个消息时也很紧张，很快就给先生发了短信。后来才知道给先生打电话、发短信的人不计其数，扰乱了他正常的生活秩序，我顿时汗颜，这里边也有我的一份罪过呢。后来因为眼疾，我做手术住院了，也有更多的时间对一些事情进行思考，内心一拷问，我觉得自己和绝大多数南阳人对先生出任郑州大学文学院院长一职的态度是不对的。

我和众多南阳人一样，对二月河先生的热爱来自敬仰。由对其作品的热爱，到对其人格的尊崇，我更觉得先生是我的人生导师。认识先生是从认识他的书开始的，后来与先生真正相识，是缘于先生与我素未谋面，却慨然为我这个无名小辈撰写书序，这使我在内心深处更增加了对他的敬意。在生活中我们都会有这样的遗憾：一些人，距离远时往往被罩上神圣的光环;走近后,就会由“神”还原为人。但与先生交往却不然,相交越深,知道他的故事越多,内心的敬意就越深。

先生多年来除了写作,每天都坚持写毛笔字、画画。我曾听一个朋友说过,他开了家玉器店,曾数次托人向先生求墨宝做招牌,均被先生婉拒了。我细细想想,还真没见先生为哪家店铺题过字呢!我知道,先生绝不是因为惜墨如金而不为这位朋友题字的,我亲眼见过很多县级,甚至是一个乡级的学校要办一个文学社的报纸找到先生,先生不收一文润笔费却欣然挥毫泼墨。一边是重金面前的拒绝,一边是分文不取的有求必应,说到底,我想在先生的心中是有一个底线的。一方面,对那些与文有关的,他无私扶持、倾心相助;另一方面,他也不是滥好人。先生心中泾渭分明,在先生这里有些东西是拿钱买不到的。在当下这个什么都讲效益、什么都讲钱的年代,这种对信念的坚守显得尤为可贵。

作为一个名家大师,先生为人很低调。我见过先生多幅字画:有淳朴可爱的果蔬,有凌寒傲雪一枝独秀的红梅,有雍容华贵富丽饱满的牡丹……而且先生的画几乎都配有诗词,品格不凡。我每每一见,即觉得眼福不浅、爱不释手。所以,当一个国家级期刊的编辑提出想为先生推出一期书画专栏时,我连赞是好事,很爽快地答应帮忙,没想到跟先生一汇报,先生却谢绝了。他认为艺术是修身的重要环节,写字画画的本意是修炼内心,没必要张扬。有相当长时间,我不理解先生为什么多年来一直捐款,但从不指名捐给某个人,而是捐给希望工程之类的官方组织。后来我理解了:他之所以不指名捐赠,是不愿人家感恩。为善而不图回报,这应该是真正的佛心,是大慈悲!

先生是南阳的一张名片,是南阳的宝贝。南阳人深爱着先生,而先生也始终将自己和南阳紧密相连。他说:“在我的心中,南阳是我的故乡、我的家园,自己对南阳有太深太厚的感情。”他将自己对南阳的感情总结为“三不”:人不走,情不变,不放弃。他一有机会就宣传南阳,宣传南阳的文化。我有一次到先生家中,见到先生一改往日风格,在家中穿着一套紫红色的唐装,更显得儒雅而神采奕奕。一询问,原来先生第二天要出访欧洲四个国家,去介绍南阳的汉文化,让中国古老文明的种子走出国门,传向世界……从这个意义上说,二月河是属于南阳的,但也是河南的,更应该是中国的。对这样一个德高望重、胸怀千山万壑的大家,我们一心想把他留在南阳,是不是束缚了他凌云的双翅?作为南阳人,我们的胸怀和眼界是不是太狭隘了呢?二月河不只是南阳人的二月河,他应该是中国优秀文化的代表。我相信先生走得越远,他的文化和精神就会传播得越远、越广……

我所认识的周同宾

周同宾老师是首届鲁迅文学奖的获得者,有人说他“已成为中国散文与世界文学对话的一张重要名片”。这位站在文化高峰上写散文的大家,虽然与我均为南阳人,但说来奇怪,在相当长的时间里,我这个多年的散文作者与周老师居然没有近距离的接触,这不能不说是一大憾事。知道周老师应该是很早的事了,也知道南阳文学界两个国宝级的人物:一位是笔名为二月河的凌解放老师,一位是周同宾老师。凌老师因给我的第一本书《敲开这扇门》作序的缘故,我有幸与他较早相识,但我却一直与周老师无缘谋面。

直到前两年因文章结缘,我才有幸和周老师近距离接触。那是一个偶然的机会,我在《南阳日报》的《白河副刊》上看到周老师写台湾诗人痖弦回家乡南阳的文章《痖弦先生》,那篇文章感情含蓄深沉,用笔诗意凝练,特别是文中写一些旧事的细节:台湾老兵过年在一起吃饺子的场景、痖弦先生与周老师的书信来往,数次让我落泪……我已经很久没有读到能让人落泪的好文章了!放下报纸我按捺不住激动的心情,当即给《南阳日报》副刊编辑崔伟老师打电话:“日报发周老师的这篇文章写得太好了,请代我向周老师问声好,并致敬!”崔老师朗声应允并说："你自己也可以直接给周老师说嘛！他文章好，人也是很好的。"我说："太冒昧了吧，周老师又不认识我……"崔老师没再说什么，但很快就将周老师的手机号、座机号都发给了我，我犹豫再三，最后决定发个短信表达我的敬意。没想到中午我接到了先生的回信，他为自己上午写作没开手机、回信较迟而致歉，还说自己的文章没我说的那么好，很感谢我的问候。一位文学名人对一个陌生读者竟如此亲切谦和，给我留下了美好的印象。

从此以后，我便注意搜集周老师的书籍，阅读他的文章，但我跟先生仍然没有什么交往，更多地仍是通过他的作品对他进行仰望。

2011年11月，我在《南阳日报》读到了他的散文《一片腊梅叶——凭吊冯友兰故居》，着实见识了温文尔雅的先生耿介不阿的文人风骨："对文化，冯先生坚守的是建设。对已成文物的故居，后来人实行的是消灭。……论文化意蕴、永久价值，一万栋办公楼也不抵一座冯友兰故居。……说这些，可能有人不悦。我已老，无所谓了，不怕得罪了谁……"这些去掉伪饰、掷地有声的文字，让人感到痛快淋漓，长精神，长志气，长见识！这应该是周老师骨子里的真章，也是他的文字震撼人心之所在。

那一段时间，我忍不住将周老师的《皇天后土》散文集拿出来重读，这一读我看到了一幅中原大地广大乡村波澜壮阔的历史画卷，也看到了一位文化人坚忍、包容、坦诚、博大的人文光辉；也才明白，先生的文章是要细品的，而且要到一定的年龄才能读懂他那种"为大地母亲塑像，为中原大地立传"的博大、深沉的情怀，也才能品出他文字的真味道来。

后来，又读到了他的《诸葛庐与子云亭》，更是为他睿智、犀利、洒脱的文字所折服，忘情处，我甚至忍不住向人高声朗读出来："假若某一日，有'学者''考证'出了海南岛的诸葛'躬耕地'，也不必惊诧。这年头，学界造假不亚于无良商家。'修辞立其诚'已成难得的奢侈。其实，有‘臣本布衣，躬耕于南阳’这九个字在，一切纷扰、鼓噪皆为徒然。我以为，躬耕地的论争已无必要，和不讲理、讲歪理的人辩是非划不来，甚至可能为对方加分。谚云：‘能和君子打一架，不和小人说句话。’……”原本以为他总在皇天后土上经营着民本家园，在民风民俗中吟唱歌谣，读了这些放马云天、纵横驰骋、激情四射的文字，我才了解到周老师的另一种文风与智慧，他还站在历史与现实的宏阔中，关注时事的冷暖变化，显示出一位大家超迈凡常的精神境界，而这也让他的散文老来弥辣，更加让人惊喜和期待……

2013年春，“2012年度中国散文排行榜颁奖大会”在南阳举行，我和爱人意外地收到会议邀请。作为县级作者参加这种全国性的文学会议在我尚属首次，更让我想不到的是，会后市文联的孙晓磊和水兵老师一定要挽留我们在南阳留宿。我这才知道，我和爱人能参加这次会议是周老师的提名，而且因为会议是晚上召开的，周老师很担心我们的住宿问题，所以，我们被特别照顾，是那次南阳本土作者参加会议唯一给安排住宿的，这让我们深深感动和惶恐。而我们和周老师除了文字上的联系并没有什么私人情分，甚至在会上周老师被全国各地来的获奖者簇拥着，我们连话都说不上。然而，市文联的老师们说，无私提携和关爱无名作者，正是周老师一贯的作风！

早几天看到先生发表的《关于父亲》，打电话向先生谈了点浅见，先生还不忘给我鼓气说：“你和华仁（我爱人）年轻，有才情，只要努力，是会有大出息的……”这番话让我和我爱人备感鼓舞。

我个人认为，当下南阳文脉兴盛，是与南阳有二月河、周同宾两位老师的带动和引领有关，这是南阳的幸运！而我自己更是三生有幸，生长在南阳这块土地上，身边有先生这样的大家。先生不仅是我文学上的导师，更是我做人的标杆。作为一名无名作者，我所能做的也许只有一件事，那就是：认真写作，老实做人。如能写出好作品，或可报先生的关爱之情于万一吧。

石上栽花

看台湾作家林清玄的文章《石上栽花》，标题就让我特别感动，且勾起了一些联想。

我想起了林清玄的另一篇文章《重生之歌》，写的是作者与台湾职业杀手刘焕荣的最后会面。刘焕荣被判死刑后，在狱中一个偶然的机会看到了林清玄的书《白雪少年》，这个杀人如麻的冷血杀手看了一半就感动得哭了。书，在他面前打开了一个全新的世界，从此他养成了阅读的习惯，也对人生有了全新的洞察与觉悟，他迫切希望能够见到林清玄。他对林清玄说："在我生长的环境，从来不知道读书是这么好的事，也没有人告诉我书很好看。如果我在少年时代就知道书这么好看，就不会出去混了。"一个冷血杀手在伏法前因为看到一本书，而开始对自己的人生重新审视进而开悟，这件事意义重大，也让人思考。法律不是万能的，有时甚至是充满了缺憾，法律的惩戒要刘焕荣用生命来赎罪、警示世人，但惩戒并没有让他真心悔过，是一本书让他幡然觉悟，弃恶向善。

刘焕荣在伏法前对林清玄说："我希望对青年人说两句话。第一句是要读书，读书才有前途。第二句是要学好，不要学坏，千万不要学我。”他还说:“林先生,请你继续写好书,挽救那些在黑暗边缘挣扎的心灵。”这是一颗重生的心灵,在狱中他画画,然后用卖画的钱资助雏妓脱离苦海……然而对一个已真心悔过的人,法律又要剥夺他的生命,此时法律又是这样的无情。

刘焕荣早已伏法,但这件事带给我的思考却没有结束。让我感慨的还有林清玄本人,一个知名作家竟然推掉许多重要的活动,到监狱去赴一个罪恶累累的死刑犯之约,这在很多人看来是难以理解的。他不仅去了,还在刘焕荣伏法后写下了《重生之歌》,满纸都是对一个重生却又很快逝去的生命的赞美和惋惜。还有,台湾的法律工作者对一个死刑犯的要求,辗转请托,尽最大努力地完成,让一个逝去的生命心无挂碍、没有怨、没有恨地安然离去,这也是常人难以想象的,这不仅需要对工作的高度责任感,更需要有宽广无私的爱心和境界。我又想起另一件事,去年年底看过一则报道,药家鑫被执行死刑前,曾向父亲提出请求:“爸,我走了以后,将我的眼角膜捐出去吧。我没坐过飞机,没见过大海,我没了以后,把我的骨灰用飞机运往海边,撒在大海里。”父亲断然拒绝说:“你不能将罪恶留在这世上。”在我看来,药家鑫的请求既表达了自己对这个世界的眷恋,也表示了自己的悔过,他想用器官捐赠的方式来赎罪,但被父亲无情地拒绝了。药家鑫去自首那天曾哭着说想吃妈妈做的面条,也被父亲拒绝了。这则旧事现在想起仍然让我黯然神伤。一个铁石心肠的人是让人害怕的,对药家鑫所走的路,难道做父亲的真的没有一点责任吗?

《悲惨世界》里的小偷冉·阿让因为偷了主教米里哀神父的银器而被警察抓住送到主教面前,主教微笑着对警察说:“他是这么说的吧:‘那是留我住夜的一个老神父送给我的……’他说的全是真话。”不仅如此,他还将家中的银烛台也送给了冉·阿让,并告诉他:“再见吧,我祝福您!记住这一家的门,不管早晚,不管什么时候都是开着的。”神父的以德报怨、慈爱善良唤醒了冉·阿让的良心,再造了他的灵魂，让他一生都在济贫爱人、积德行善……这也告诉我们，假如我们用更多的爱心和善心来面对世界，扶危济困，将会产生不可思议的感召力量，会让这个世界多一些美好和光明……

世间万物，最应该被尊重的是生命，佛教有“放下屠刀，立地成佛”的公案，这不是迷信，这是无量无边的慈悲博爱之心的体现。

石上栽花是禅宗祖师对于开悟境界的一种说法，石头上栽花其难度可想而知，而法律工作者运用法律惩恶扬善是职责所系、本分所在，但仅仅做到这些是不够的，更重要的是在履行法律的同时要拥有一颗慈爱之心。如能用爱和善，而不是纯粹用法律来拯救心灵，那无疑也是石上栽花的功德了，我这样想。

永远的莲花

朋友宝鉴是个画家,双休日一进我家门就嚷:“给你画了张莲荷扇面。”在书房将画上了画毡,仍是他一贯的画风:没有花,水墨酣畅淋漓、卓然挺立的荷叶,丰硕的莲蓬带着浓浓的秋意,深悠宁静……心里自是喜欢,但还是逗他:“这已是你送我的第三张莲荷图了,还没看到一朵花哩。”他笑了:“我不信,不画花,你就感受不到花了?”说得我心中不由得一动。

也许是因为学国画的原因,今年特别想有机会徜徉在荷塘边,静静地看一看莲花,不料这一简单的愿望却颇多周折。

一入夏,爱摄影的丈夫总和朋友相约去拍莲花,数次邀我,均是机缘不巧。有一天本来说好一起去拍莲花的,但临时加班又未成行。下午我加完班回家,在家属院大门口碰到了刚回来的丈夫,远远地就看到他从摄影包往外掏什么,近了只见他小心地捧着一朵莲花苞:“给你摘回来一朵最大的花苞。”那一刻,所有的疲惫和烦闷一扫而光,那朵花和满心的欣喜被丈夫一起交到了我手上。那朵莲花被安放在一个注满水的青花瓷海碗里,竟也一瓣又一瓣地次第绽放了,还捧出了嫩绿的莲房和金黄的花蕊来,淡淡的清香让斗室清雅而温馨……

双休日，外甥女来，看到几近凋谢的莲花甚是好奇，我道出原委，丈夫在旁特意加上解释：“你妗子画荷却不去看荷，得让她好好学习。”外甥女笑得花枝乱颤：“我也帮帮我妗子，我在网上购了种子，种了十多盆碗莲，回头给你们送来两盆。”第二天她便送来了碗莲，只是我一见颇有些失望，细细柔柔的茎、巴掌大的叶片，虽然也是绿油油生机盎然，但是哪里能和荷塘里的莲相比呢？更与“接天莲叶无穷碧，映日荷花别样红”的意趣相差甚远。于是便还惦记着去乡下看莲花，终于定好了一个双休日早上去。谁承想，临出发前乡下打电话来告知花期已过，只有满塘的莲叶和莲蓬了……

也许是花知人意吧，虽然也是殷勤换水，天天照看，希望碗莲能开出花来，却总不见动静，打电话问外甥女，她也说不上缘由，上网查了后只能不确定地说：“当年的新荷不开花吧，也许明年就开花了。”她一说我更无意趣，没几天那两盆碗莲竟都干枯了。

朋友迁了新居，临河而居，这个夏天里隔三岔五总会给我发来她沿途所见的美景，最多的是莲花：有早晨荷箭上挑着清露的，有雨后莲叶上走珠滚玉的，有风中摇曳多姿的……常让我想起宋人叶梦得的《水调歌头》：“何处难忘酒，朱夏日偏长。湖山地胜潇湘，十里芰荷香。柳外新蝉惊晚，楼上疏帘垂翠，簟枕晚生凉。纨扇摇霜月，曲水泛流觞。”在我看来，朋友的家乡也足可胜潇湘，有那么浪漫的心境、那么美的莲花，真可为之浮一大白！一天，她发过来一组睡莲的图片，那种惊艳的美竟让我落下了泪，我猜想应是俗称的“并蒂莲”，向朋友求证时，她说你来看看吧，我说好。可是紧接着就感冒了，再后来是过敏性咳嗽，咳得惊天动地达月余。朋友发短信催我去看花，不想让她担心，总说有事走不开，最后还说：“即使看不到也无妨，因为你已让我看过了。”等我病好已是错过了花期……

我想，生命的意义应该在于经历的过程，有一个美好快乐的过程，其结果并不重要。很喜欢这样的语句：“日日是好日，处处莲花开。”字面上理解是指天天都是最好的日子，生活里到处开着莲花，实则是指禅宗大师修行的一种很高的境界。佛教的六字大明咒“嗡嘛呢叭咪吽”，翻成白话就是“祈求心中的莲花开放”，这里莲花是纯净、美丽、柔韧、芬芳的象征。虽然这个夏天我没有看到莲花，但朋友的那份心意我已心领神会了，她给我分享的岂止是美丽的花？更是她对美的艺术感悟、对我的一份牵念、一种生命的欢悦……即使没有看到莲花，我收获的至真至善的亲情、友情，岂不就是人们心中永远盛开永不凋谢的莲花吗？不知道朋友是否理解了我说的话，因为她真的已让我看到了这世上最美好、最珍贵的莲花了。

走在路上

有一天我问远方的朋友在忙啥,她说上班。我说很幸福呀,她一头雾水回短信发牢骚:幸福改名叫忙了,我烦着呢。我笑了,并非逗她,那一刻我真的感到能够正常上班就是幸福,因为自己正在病床上。在病中,平日一些看似平淡普通的事物,突然间发现了它的价值,感受到了它的难能可贵。比如,行走。

行走,应该是一个人与生俱来的能力,是人生中再正常不过的事,但是当一个人的腿出了毛病,这件最平常最简单的事,有时就是一种奢望。今年夏天,已近30年没有摸过篮球的我,突然心血来潮要把打篮球作为健身的项目,结果不到一周,左腿疼得举步维艰,原以为是肌肉拉伤,到医院一看,先是诊断为滑膜炎需要住院治疗,后又说是股骨头坏死,要求住院做手术,而且医生还为我描绘了相当可怕的治疗过程:不能走不能站,拄双拐两年以上……打篮球居然闯了这么大的祸,连行走都成了问题,再想想祖国的大好河山我还没去几个地方呢,不由得自怨自怜。身心双重的痛苦让我体味到人生的多变和前景的莫测,内心一片混沌和惘然。

好在后来到省城找了数位专家,被告知是骨折,虚惊一场。但经历了这些,我忽然觉得自己对生活的态度有了改变,在病中我最想做的事就是能像一个正常人那样行走,与这个愿望相比,过去自己所看重的很多东西都变得微不足道了。我还特别想邀请我所尊重的一位老师到南召小住,因为我忽然觉得在意外因素太多的人生路上,有些想做的事、想见的人,想做就要去做,想见就要去见。而人生,有时候却一转身就是一世。再一件,就是想病好以后一定要多旅游,要让生命看够路上的风景,装满美好的画卷。

病好后,再在路上看到有人拄着双拐、有人趴在小滑车上用手行走,内心便特别地感动,因为只有经历过不能行走的痛苦,才知道能够每天行走在路上是多么的幸福,对那些不能正常行走却走在路上的人,也便多了一分尊重和同情。

也忽然领悟到:人生路上,很多时候是生活让我们成熟,是灾难让我们长大,是诸多的不如意教会我们懂事。无论是欢笑还是眼泪都是生命中的风景,都需要我们怀着一颗感恩的心去珍视、去善待。只有这样,生活才会绚丽多彩生动迷人,因为生活幸福的源头说到底是人类心灵的感受。走在人生的路上,是那些目之所及、耳之所闻、心之所感的人生风景将生命这本大书的内容一点点地丰盈,一页页地增加着生命的厚度和重量,也许这些风景有时只是生命中一个微不足道的注目、一句问候的感动、一滴忧伤的眼泪、一朵花开、一个诗意而又随风消散的浪漫情怀……

这两年我常去一家小服装店买衣服。我是个懒人,购物大多是单子一列直奔目的地,争取最短的时间满载而归,买衣亦然。一般去的地方都是商场和专卖店,不用讨价还价还能一次性从头到脚将行头置办齐整,到那家小店纯属意外。因为要购一件夏季的套头衫,我要去的专卖店已关门,看到隔壁的店铺开着门,便走了进去,是个只有一间店面的小服装店。在试衣的过程中,30 岁左右的导购员端详着我说:给你的头发拾掇一下吧,感觉一下不同的自己如何?然后她拿出个发卡随便将我的头发绾了两绾,松松地盘起来,就让我看到了一个迥然不同的自己,她还接连很耐心地教了我好几种发型,希望我能在自己身上花点心思。这让我觉得这个导购员身上有一种与众不同的东西,不由得心生好感。于是便有了第二次。第二次去她店里试衣,我向她随口抱怨了句自己脱了线头的毛衣,她二话没说变戏法似的拿出个勾针三两下就将我的烦恼解决了。我不禁赞叹她心灵手巧,有生活情趣。她笑了,说:情趣不情趣我不懂,虽然我不能像那些有钱人那样高贵(我后来告诉她高贵与否与钱没有必然联系),但是我也想通过自己的努力让生活有质量,让每一个我接待的从这个店里走出去的人都高兴。这番话让我从此成了这家店的固定顾客,而她并非店主,只是一个导购员而已,她所打动我的是那份近乎浪漫的善良和诗意的心境。

有人说,你可以征服世界,但不一定能征服一个人的心。人心,永远是这世界上最难征服的。但实际上人心有时也是最容易征服的。一天,我在书店看到两本书,一看到书名我就喜欢得不得了,内心还有一种深深的感动,二话没说就把书买了回来,当晚就通宵达旦地看。那是台湾作家林清玄的两本散文集,一本叫《情深,万象皆深》,一本叫《心美,一切皆美》,一本书一看到名字就情不自禁地喜欢,在我,还是平生第一次。

获奖背后的故事

在 2013 年 4 月 27 日的《河南日报》上，看到《农民工诗人李永普：写在脚手架上的诗行》荣获了 2012 年度河南省报纸副刊作品一等奖，有关这篇获奖文章背后的点滴一下子就涌上了心头。

这篇获奖作品来自《南阳日报·文化》周刊，作者是周若愚、崔伟，编辑赵林蔚。其他二人我不认识，但崔伟老师却是我多年相识并很敬重的《南阳日报》副刊编辑。

记得去年看到这篇文章又读了同版刊出的李永普的诗歌后深深感动，就给崔老师打电话，谈了我个人的感受。因为在我的印象中，作为党报副刊，其权威性的文学高度，常让人觉得能登上一角即是荣幸，而那天《南阳日报》竟然让一个名不见经传的农民工诗人占据了整整一个版面，在这个文学献媚权贵、依附金钱风盛行的当下，党报这么做意义重大。它将胸怀紧贴大地，将目光投向社会的最底层，将浓墨重彩赋予了一个农民工，无疑让人耳目一新，精神振奋。这不仅反映了它的文学高度，也让人看到了它关注百姓民生的精神高度和普世情怀。

而电话那头崔老师的回答更让我心灵震撼：为了真实贴近采访者

的生活，崔老师和周若愚老师亲自到李永普打工的工地上跟踪采访了数天。在工地上虽然采取了安全防护措施，但周若愚老师(从名字上看，我一直认为应该是一位儒雅的绅士，而那天才得知居然是位才貌双全的姣好女子，还是《文化》周刊部的主任)还是被一根钢筋扎破眼皮，缝了十八针……

我说，这次采访未免代价太大了！电话那头崔老师停顿了一下说，没什么，我们都觉得值，以后有这样的选题我们还会这样做。放下电话，我的心久久不能平静，以当下人们的麻木和漠视，社会弱势群体的痛苦和挣扎，是很难引起关注的，但是，她们却心贴大地，用自己的行动、用手中的笔向社会传递了一种温暖和光明，向人们展示了一种质朴和向上的能量与追求……久违了的感动在那一刻真切地涌上了我的心头。

应该说许多人对编辑工作的理解很浅薄，也很偏颇。而多年来我写文投稿与各级报刊多位编辑都有交往，让我目睹了他们大量的幕后工作，感受了他们默默无闻的奉献精神，他们超迈凡常的人格魅力也给我留下了深刻的印象。

崔伟老师的方正耿直是业界所公认的，而我自己也不止一次感受了她的律己之严。多年前曾到南阳宾馆开会，和报社一墙之隔，而当时我与她通过笔墨打交道数年还无缘晤面，本想去看看她，谁知崔老师很快就回电拒绝了，她说：你知道我这个人不想和任何人有物质的交往。我觉得那会亵渎了我编辑工作的神圣。我版面上发的稿子，好多人我都没见过，甚至有时连个感谢也没说过，只要稿子写得好，我照发不误。咱们俩在网上交流挺好的，不要破坏这种美好，你不要来。我尊重了她的意见，所以虽然与崔老师交往的时间不短，但与她见面不多，多是会议偶遇，这在很多人看来难以置信，但这就是崔老师，一个很有风骨的人！

但更多时候她更像是一位和蔼可亲的大姐。记得有一次因为工作上的事闹心，眼睛也出了问题，我便觉得处处有坎坷、事事都不顺，不免在写作中有所流露。细心的崔老师感知后在百忙中给我写了一封长长的信，她用自己婆婆和同事都患有与我同样的病，治疗十多年没有任何后遗症的实例，劝我不要背思想包袱，对职场上的事也不能太放心上。她还拿自己亲属被误诊为癌症后身心所受的煎熬来开解我，说："我经历了这个事（误诊）后，什么都想开了。原来我出门老是坐公交，舍不得打车，现在想想，生命要是没了，要钱干啥？活着就好，算是大彻大悟了一次吧。给你说这些，是想让你也学会放下。"而那封信也确实让我感动并警醒。我记得自己给她的回信是这样写的："我的人生有时觉得很失败、很无奈，可有时又很骄傲和自豪，因为我的人生路上有幸相遇相识如您这样的人，是老师又是朋友。正是你们的注目，让我不敢懈怠，不敢随波逐流，不敢自轻自贱……"如今数年过去了，这些话犹在耳边。

有一次我谈到因学画画书读得少，文章也写得少了，崔老师立即给我写了一封信，她说："书还是要看的，即使学画也要看书。画画好的人，一定是看书比较多的人，否则就不能超越前人。我采访尹朝阳，发现他卫生间里放的都是书，文学的、哲学的，什么都有。吴冠中画那么好，文章也写得好。各种艺术息息相通，学养深厚才能下笔如有神。另外，看书、写文章都不能太功利，都得厚积薄发。南阳好多书画家都遇到了瓶颈，都和底蕴有关……现在看书的人太少了！"这既有对我的教诲，更有对南阳文学艺术前景的一种隐忧，我似乎听到了她轻轻的叹息声。

在很多人看来，文学就是风花雪月、闲情逸致，文人就是小资情调很浓的穷酸之辈。这真是对文学和文人的误读！风花雪月只能算是文学中的消遣之作，而那些所谓的文人充其量只能说是小文人。真正的文学作品是要关注宇宙苍生、反映人类社会的大命题的，而文学巨匠也无一例外必是有着悲悯的大情怀，胸有浩然之气的大境界。而浩然之气从哪里来？从强烈的社会责任感来，从勇于担当的言行中来，从宽广的救世情怀中来……在我看来，副刊老师们所做的，正是这样的努力，他们所呼唤和期望的也正是自己努力工作的全部意义。

这又让我想起编发我第一篇文章的《南阳日报》的张克峰老师。数十年过去了，我依旧能记起那个阳光灿烂的午后，张老师因开会到南召去探望一个小作者时带给我的温暖和快乐。也正是他们的坚守、努力与带动，才有了众多为文者的跋涉不止，才有了薪火相传的文脉的延续。

老程的故事

儿子读高三，千托人万求人终于觅得县一中家属院的一套民居，我和爱人便开始陪儿子高考冲刺。我的邻居是一中退休的高级教师程信广。程老师是我爱人的老师，于是每每说到程老师，他总是对儿子说：你师爷如何如何，尊重之情溢于言表。

程老师给我的印象是属于那种唱着过日子的人，开朗而幽默，和他比邻而居，有两件事我感触颇深。一天晚饭后同先生出门散步，一出门便碰到程老师双手背后踱着方步迎面而来，我随口说："您散步回来了？"他说："没有。""那您上街了？""没有，我通常就是到一中校门口看看那对石狮子还在不在就回来了。"我一听就乐了："那您今天看它们还在吗？"程老师没笑，而是认真地回答："在，它们在我就放心了。这是我每天必做的事。"走出好远我还在笑，但仔细想想，我的尊敬之情油然而生。一位教师退休后仍坚持二十年如一日地每天到工作过的单位去望一望，这是怎样的深情呢？还有一个傍晚，在街上碰到他和师娘，我邀他俩去河边走走，程老师说："不去了，我得去北京呢！"我奇怪了："这么晚了，还有车去北京？"他说："哪里，我得赶着看中央台的《新闻联播》呢。"让人不禁莞尔。

我这个人看电视除了中央台有限的频道，很少看其他的，地方台基本不看。跟程老师比邻而居，才知道县电视台为程老师开办了一个专题节目叫《老程故事会》，讲的是程老师自己写的反映南召民俗文化的《瞎话篓》《瞎话连篇》等书内的故事。我特意看了几期，程老师在电视上穿着大红的唐装，精神矍铄，用南召土得掉渣的家乡话讲述着丹霞寺的传说、五朵山的故事、莲花姑娘成仙的神话……让人为之拍案叫好，这真是一件功德无量的好事！

多年来在接待外地来召宾朋的过程中，让我深深遗憾的是：南召不缺自然和人文的旅游资源，境内有中国的古长城——楚长城、千年佛教宝刹丹霞寺、道教圣地北顶五朵山，还有美景天成的暴瀑峡、瀑布群、百尺潭、宝天曼等，缺乏的是对文化内涵的挖掘，文化的支撑力不足，使这些宝贵的资源鲜为人知，也少有人能如数家珍地与外人道来。往往陪客人到景区，连一名解说员都找不到，只得用自己少得可怜的所知来应付。记得有一次陪着省里知名新闻单位组织的一行人，在丹霞寺看过后，一名省领导不禁感叹地说：可惜了这座千年古寺。让陪同的我感觉脸上热辣辣的。我深恨自己才疏学浅，对民俗文化所知不多。如今程老师虽已高龄，但每天坚持笔耕不辍，至少写 300 字，仅南召的地域民俗文化他就自费整理出了两本书。而且他主讲《老程故事会》近三年，每周一期，没有拿过一分钱的报酬，却无怨无悔、风雨无阻。这样的境界，在当下这种动辄就以经济效益和成本论高低的社会风气下，显得尤为可贵。

程老师的阳光和快乐感染着每一个接触他的人。按理说程老师早已经是家乡的“名人”了，但程老师依旧是一天三顿饭都抢着进厨房，吃过饭看到我还会打趣：“你做饭又做晚喽！”有几天我和爱人有事没能陪儿子，等我再过去，儿子笑着跟我说：“我这师爷挺逗。我和几个同学在咱家学着做菜聚餐，我师爷还跑来说：你们都做的啥？一会儿我来给你们炒个菜，露一手。”

儿子高考过后，我们很快就搬回家了，离开了租住的地方，让人感到怀念的东西还真不少，比如：任老师家的睡莲一开花就美得惊人；张老师家门口的参天修竹微风过处摇曳多姿；满头银丝的程老师坐在门口，在灿烂的阳光下双手拉着邻家三五岁的小孙子，一边晃摇篮般逗弄着孩子，一边口中念着家乡的童谣："筛箩箩，打面面，问问娃娃吃啥饭。吃鸭蛋！哪里有，河里有，跟着扁嘴（鸭子）只管走、只管走，扁嘴放个屁，崩着娃娃喉咙系………"一老一少的笑声让人听了安心而快乐。

和大自然一起放歌

有“中国画虎王子”之称的职业画家张伟先生，应南阳弘文斋之邀光临南阳进行书画交流。我很有幸和他有一面之缘，并目睹了他现场的挥毫泼墨，那是我平生第一次看到一位画家现场作画。说也奇怪，对绘画艺术是个门外汉的我，从看到他的作品的那一刻起，竟深深地被他的画所吸引，以至于已逾不学艺之年的我竟也拿起毛笔，开始学习起国画来，足见其艺术魅力。

张伟是“70 后”，属于年轻画家，但自从他以一幅《融雪》入选第八届全国美展之后，便一发而不可收，作品多次在国家级的展赛中获奖。张伟是个沉默的人，话不多。我个人认为他是用作品来说话，用画作来倾诉，属于用心作画的那种画家。他的画能够让人感受到大自然的丰富多彩，引导人们感悟生命、感恩大自然，画中的线条与墨迹好似在完成一种心灵与自然的对接。在尺寸之外，大自然与岁月就是画的留白。所以读他的画，往往会让你不知不觉走入画中，被画中真实而又含蓄的场景所吸引，让人产生巨大的想象空间，最后留下永久的印象与震撼。

张伟的画以工笔见长，尤擅画虎。他画的虎，可以让人清晰地看到虎眼神中的杀机或困惑，细小的线条都在传达整体的神韵，让你分不清是环境气氛恰如其分地烘托了虎的神韵，还是虎的力度与情绪氤氲了相应的环境。正是工与意的浑然天成，让他的画在精致中见精神，在细微中见气势，在情绪中见情怀，让你感受到大家的风范。

在他的笔下，有“森林之王”之称的老虎通过《虎啸撼山泉》《八面威风》《王者之风》展示凛凛威风，而我更惊喜于他所展示的老虎的另一面：《踏雪》的闲适静美，《戏水》《弄影》的顽皮，《草木皆兵》《警视》的警觉、孤独，既有生命在大自然中的渺小、无助，也有亲情的温暖、依恋。从来读不懂画的我，在他的画中读出动物也同样具有人类的情感，可以有恩爱，有期盼，有畏惧，有无奈，有宁静，有不屈的抗争……这些都让我深深地感动着。

除了擅长用动物传情达意的倾诉表达自己与自然的息息相通和对生灵万物的感悟，他的人物画作更是充满着对精神的探索和理性的思考。《春去春又来》是他内涵很丰富的作品，在他的笔下画出了人物的过去、现在和未来，表达着对生命的拷问、对时空历史的思索。这使他的画以小见大，在平面的短尺寸画幅中展示着人与自然、生命与岁月等宏阔的命题，正因为有如此丰富的精神内涵凝聚在他的笔下，所以他的画、他的虎备受人们的喜爱和追捧。艺术打动人之处，在于情、在于境，言语很少的张伟，将一腔真情凝聚于笔下，通过或细腻或写意的运用自如的高超画技，将人们带入了一个个感染力极强，甚至是让人震撼的艺术场景中，这不是普通的画家所能做到的。

张伟最痛恨的是画匠。他说批量生产画作，简单地重复，不经过从构思到作画的创作过程，这类画的作者就流入了画匠之列，这是他所不齿的。他强调必须胸有千山万壑，脑海中有生动的画卷，方可动笔作画。在张伟看来，艺术的生命力在于不断创新、不断探索的过程。艺术修养提高的过程，也就是自我超越、不断攀登高峰的过程。所以，张伟的苦恼，常常是自我超越的苦恼。而一个真正的艺术家，他所需要的不正是这种认真严谨而又不断自我超越的思想境界吗？

心中的书店

纷纷的细雨中，小镇唯一的书店门前排起了长龙，我走近一看，原来是书店改为文具店的开业庆典，在开业时购买文化用品均可获得一份礼物。我不觉悲从心来，放声哭了起来……这一哭让我从梦中惊醒，虽然是梦，但在我却是如此的真切！这是我做青光眼手术的前一夜，天亮我就要被送往手术室了。一月前我被确诊为青光眼，原来想保守治疗，请假在家养眼，不能看电脑、电视，不能看书，我感觉整个人像个空壳在晃悠，好在专家最终还是决定要给我做手术，没有书的日子应该不会持续太久。我不知为何要做这个梦，也许多日没有看书，心中的焦渴已达到了极限，也许是昨晚来陪护的先生吃过饭后就找书店的举动刺激了我，所以才有这个梦。

这个梦不是毫无由头的，虽然我有限的童年和少年的快乐记忆都与家乡唯一的书店紧密相连，但实际上那个书店早已名存实亡了。

我天生体弱多病。在我的记忆中，小学的体育课是免上的，感觉我就像春节小孩子们吹的玻璃喇叭，用力吹口大气就会破似的。也因为体弱，我有一项特权，就是妈妈常会给零花钱，让我去街北头的豆腐坊打豆腐脑喝。可她不知道，我常常将零花钱花在书店和街上白须老人的画本摊上，在老人的画本摊上小人书一分或二分钱一本，给了钱就可以坐在摊边的小马扎上有滋有味地看。可是老人要收摊回家吃饭和睡觉，而我对书的需求已到了如饥似渴的地步，于是目光便转向小镇上的新华书店，这也是镇上唯一的一家书店。待钱攒到一定数额，我便向书店跑，挑到自己心仪的书回到家不厌其烦地翻看，有些书我几乎能背下来。小镇很小，书店中常常寥寥数人，买书也只是让看目录选择，以至于长大后我有机会到省城，才发现城市的孩子太幸福了！书店就像阅览室，如果愿意可坐在书店明亮的地板上，看一整天的书呢。而在小镇，你多翻一会儿书，售书的人就会冲你喊：到底买不买？不买别把书弄脏了。一般这一声喊后，我都会很快付钱拿起书逃走。记得有一位大叔比较温和，他在的时候，我才能细细地看看书的目录，甚至看看书内的个别章节。

这样到初中的时候，我的书已经有一纸箱了。当时的书很便宜，一两角就可以买本书，为了买书，假日里我曾沿街叫卖冰棒、摆过画本摊……而我在课堂上看“闲书”的罪过终于让母亲忍无可忍，于是我的所有“闲书”便被付之一炬。如今我已忘了我是怎样的痛苦和抗拒，想来一个小孩子无非是哭闹、绝食之类的吧，也或许我从来不想在记忆中记起这次焚书之痛。但此后，我还是爱读“闲书”，至今不思悔改，我结婚时搬到婆家最大的财富，是丈夫和我用架子车从娘家拉走的一车书。

当我真正拥有一间被满墙的书武装的书房时，小镇的书店虽名称没变，但已逐渐变成大半是卖文具用品的商店，只有一隅像个不受待见的小媳妇委委屈屈地摆了一些字典和儿童读物。书店在走向没落。前年，小镇又新开了一家新华书店，我去过一次，感觉仍然像是文具商店。现在我很少在小镇购书了，因为我需要的书在这里买不到。无论是外出学习还是出差，我安顿下来的第一件事必是打听书店的所在；从一个城市离开的时候，我的行囊必定有新购的书，而购得一本好书也必定会令我满心欢喜。书,已经成为我生命中很重要的内容。

虽然现在很少进小镇的书店,也不在意书店的存在与否,但当梦到书店要消失的时刻,我竟会如此痛心,说明它一直都存在于我的内心深处。看来书店是不能消失的,也不该消失！在当下,一个小镇书店的存在无疑标志着这个小镇对文化的高贵坚守,是这个小镇的重要的文化标签。我想,也许对于很多人来说,书不算什么,它不是粮食,不是衣服,不看书,人照样活,但这活的质量应该是有差别的。

在薄情中深情地活着

向一书法界的朋友抱怨新买的宣纸太洇，不好使。朋友却说：新纸有些火气正常，别着急，放两年火气消消就好使了。那口气倒像是在说自家不懂事的孩子：没事，再长大些，懂事了就好了。那种温良笃厚的修为境界，绝非常人所能比。那一刻，我也明白了为什么他年纪轻轻就能在众多书家中脱颖而出，获得不俗的艺术成果了。

不记得在哪里看过一句话："在薄情的世界上，深情地活着。"这句话在这一刻，忽然又重上心头。

生活中，很多时候我们不高兴、不快乐，不是因为那些事物的本身，而完全是因为心境。也许换一种心境、换一种角度，就完全是另外一回事。

在我家楼下，邻家种了一排月季花，出出进进，看到那些盈盈笑着的花朵，心情会豁然开朗。但入冬后，有一株黄色的月季花却不合时宜地盛开了。从一九到二九再到三九，寒风一天比一天凛冽，它却依旧高挂在枝头，在寒风中不管不顾地深情绽放着……

每天从它身旁走过，心中就会涌起一丝怜惜，也有一分敬意：好倔强的花呀！在严霜中，那些花和花蕾感觉已经被冻得凝固了，盛开的花瓣远远看去竟像是塑料花……那些花和花蕾不可能再完完全全地开放了，也许在某一个早晨，一场雪一阵寒风，便会将它们从枝头催落……但是，在万物萧索衰败的严冬里，它们无疑是一道亮丽的风景。而一想到它们，我便会为大自然的神奇、为生命的坚强而欢欣鼓舞……

花的一生是很短暂的，在合适的季节中开放，有灿烂自如的美；在不合适的季节里开放，有卓然超凡的美，而这样的美往往更加动人。

花如此，人又何尝不是这样？大文豪苏东坡一生命运多舛，其中最坎坷的时候是被贬到儋州，连日常的吃穿用度都成问题，他和儿子“相对如两苦行僧尔”，他曾在《东坡志林》中记载了食阳光止饿法，说有一洛阳人坠入深坑，发现模仿动物吞食阳光的动作，饥饿感竟然消失，后此人获救，竟不再知饥饿为何事。苏东坡说：“此法甚易知易行，天下莫能知，知者莫能行，何则？虚一而静者，世无有也。元符二年，儋耳米贵，吾方有绝粮之忧，欲与过子共行此法，故书以授之。”其凄苦之状千百年后读来仍不免让人动容。但他达观向善，著书不止，苦难对他也许更是一种激励，其诗文成就放眼天下罕有其匹。和他同时代的王公贵族早已被历史的烟云所湮灭，但苏东坡的诗文却滋养、哺育着人们，其精神历百代而不衰……我甚至想，苏东坡就像是浊世之中一株美丽的莲，静静地在开放，这是多么动人的事情呀！

佛说：“这世界是缺憾的世界。”这是说世上没有十全十美的人和事。又说：“这世上没有无用的草，如果说有，那是因为还没有发现它的价值。”这是说世上的一切都有它存在的理由，没有什么人和事是没有任何价值的。

在有缺憾和薄情的世界上深情地活着，是一种积极的人生态度，是一种人生的大境界，更是一种人生的大智慧。用这样的心境来看世界，你会发现：走入你生命的每一个人，都是来参与和丰富你生命的；你面对的每一个事物，都是教你认识生命、认识世界的开示和机缘。如果你对此持保留态度，那只能说你的心还不够深情……

第二辑　青山绿水间

成长的乡村

在我的记忆中，乡村是会成长的。童年时，乡村是外婆家夏夜大晒场里的星光灿烂，是外婆讲述了一遍又一遍的牛郎织女和王小打柴的故事，也是小伙伴们在无边的蝉声中，在村边小河里尽情嬉戏的快乐记忆；少年时，乡村是被鬼怪传言充溢的密林里的探险经历；成家后，丈夫的乡村挤占了我熟悉的乡村，一年一次回乡探亲和祭祖，硬是把“只将他乡作故乡”吟唱成真实的履历。

面对那些热情的乡邻，我茫然无措，对丈夫的乡村，我是陌生的。后来，我能呼婶叫哥熟识地和亲朋叙谈，乡村也一日比一日地在心目中清晰了。特别是当乡村的土地里躺着我的公公和小叔子后，乡村竟会在我的梦里发芽、生长。也是从这一天开始，人到中年的我忽然觉得这块土地不再和我无关，它和我有着千丝万缕的联系，我将来也是要回到这块土地上的。我被这块土地征服了，毕竟土地是人的根。

乡村是悠闲的。我想，乡村的快节奏是在布谷鸟的空谷绝响中到来的，而乡村的夏天也是布谷鸟催来的。布谷鸟一歌唱，乡村便开始了疯长。于是，乡村的风一日比一日温暖，绿油油的麦田，几天不见就变成了金黄金黄的麦浪，那坚实的麦芒，在阳光下晾晒着乡亲们收获的喜悦。

乡村变得忙碌活泼起来,那些慵懒的炊烟也在清晨一睁眼就袅袅升起来了。早些年乡村里的青壮年都外出打工了,乡村就像极度贫血的少女,没了生机和活力,变得寂寞而失落。而今年,漫步在乡村的土地上,处处可见红男绿女,处处可见劳作的青壮身影。乡村的老人在田埂地头照看着幼孙,偶尔倒茶递水,这应该是乡村本来的模样,这样的乡村才是让人愉悦的。乡村一下子复活了,像一个丰满的少妇,风姿绰约,富有青春的魅力。

乡村的人刚刚收获,很快又忙着播种,齐刷刷的秧苗转眼就又绿了山乡的水田。也许在外漂泊的人,最终还是要回到乡村来。外面的世界很精彩,外面的世界也很无奈,转了一大圈,才发现自己最后退守的仍旧是故乡的山水。

乡村的路是悠长的。虽然现在"村村通"工程让乡村的泥巴路也披上了水泥的盔甲,乡村的路上也不乏一辆辆小车的身影,好像乡村和城市的距离拉近了,但乡村的路就是乡村的,无论怎么打扮它,它都不是城市的血脉,无论它的装束怎么变,乡村的内涵和本质没有变。乡村的路窄,一般只能容下一部车。所以,在乡村的路上,常常遇到谁先避让的问题,即使前方来的是一辆摩托车(乡村是摩托车的天下,这也是乡村的新景观之一),首先避让的一定是当地的乡亲。也因为路窄,走在乡村的路上,你会不时碰到和你打招呼的人,即使不认识对方,乡村的人也一定是恭敬而真诚的,这是乡村人宽厚的表现。

乡村是宽厚的。这种宽厚最好的体现是在乡村的红白喜事上。谁家有红白喜事,全村人都把它看作自家的事,是乡村最大的事,家家都全部出动赶去帮忙,主人家也都是大锅盆菜地招待,乡村人对生死朴素的尊崇和礼敬,在这种形式里得到了淋漓尽致的表达。这种宽厚的基因深深植入乡村人的生命里,走到哪里都会带到哪里,影响人的一生。

乡村的路很长，即使在白云深处，也必定有一条蚰蜒似的小路弯弯曲曲地延伸到那神仙般悠闲自在的小屋前。乡村的路是乡村人用脚一步步踩出来的。

乡村的日子柔软而悠长，像那长长的路。乡村的路又是一首首无字的诗行，日出日落，在乡村的梦中流淌着，于是乡村的一棵小草、一块石头都充满了灵性，成长着诗意。

家乡的年

家乡是伏牛山下的一个小山城。记得小时候，整天盼着过年，因为过年有好吃的，有新衣服穿，还有压岁钱。作为几千年中国传统文化的载体，其实家乡的年还有更生动的样子。

年的序曲

家乡的年是有前奏的，就像音乐的高潮前总是有铺垫一样；也像是一台大戏，在开剧前总要有一些序曲，使年韵味十足、情趣盎然，让人无限眷恋和想念。

一喝过腊八粥，年的序幕就拉开了。小城的街道骤然变窄了，变乱了。街的两边人行道上，小商贩们各自抢占有利地段：瓜子成麻袋地摆了出来；糖果堆成五颜六色的小山，晃人的眼；各类年画都无一例外地高挂在街两边，喜洋洋、鲜亮亮地向人们笑着，引得你忍不住想抱回一张；红艳艳的中国结，将喜庆的信息传遍千家万户……小城在这时，显得富足而充满了诱惑，让你什么都想买，什么都想尝试。与大城市的冷漠和麻木不同，小城还没有到过年的日子，就变得温暖和忙碌了起来,像喝了醇香的年酒,开始飘飘然了。

年让人性情大变;年让人失去了平日精打细算的精明品性;年让人畅想,年让人充满希望;年让游子停下了漂泊的脚步,年让家乡有了追魂的魔力,打工者加紧了回家的脚步,千里万里都要赶着回到家的怀抱;年让幸福在大红的灯笼中、在富足的年货中、在一张张笑脸中快意地流淌着……

年的序曲带着神圣和虔诚。年慈爱地在小城的晨起日昏中掐着指头细算着驾临的时刻,决不肯提前一分一秒。依照家乡的传统,二十三是小年,吃过火烧配上猪肉炖粉条的小年饭,年就走得急了,然而那序曲却是一个音符也不能少。二十四扫房子,二十五磨豆腐,二十六去割肉,二十七杀灶鸡,二十八贴花花(年画),二十九去灌酒,三十捏鼻儿(包饺子)……三十晚上年夜饭一吃,在无数焦灼和翘盼的目光中,年像一位仪态万方的大家闺秀,款步而来。

为了迎接年的到来,人们是繁忙而勤劳的,累却快乐着。如今,传统的仪式渐渐退出了历史的舞台。于是年便像一个简化而没有悬念的戏剧,变得缺乏韵味和内涵了。特别是年中再掺杂着洋节,少了古典优雅的美,那年便像是一个不伦不类的怪物,怎么看怎么别扭……

年的笑声

家乡的年是有笑声的,那笑声喜庆、粗犷、高亢、大气而张扬……

年的笑声是震天的锣鼓。家乡只有一条一公里长的街,每到春节,特别是初一、初五,街上有两支锣鼓队,一个在街北头,一个在街南头,两个队年年都要比赛。

那锣鼓往往是在新年的一大早就开始敲起来,于是,小城便在这锣鼓声中翻开了新春热热闹闹、喜气洋洋的第一页。敲着敲着两个队就集中在街中间十字路口的跃进门楼前,那擂台就当街摆开,据说有时两队为决雌雄，能从早上一直比赛到第二天的凌晨。大冬天，锣鼓队的人们耍得兴起，一个个甩掉衣服，裸露着结实的肌肉，可谁也不会轻易败下阵来。小时候常常想知道是哪个队最先服输，可总是熬不过那比赛的人，常常是自己的瞌睡虫占了上风，第二天醒来，问哪个队赢了，往往说法不一。想来人们也许注重的并不是比赛的结果，而是那激情飞扬、豪迈大气的比赛过程。那锣鼓声震天地响，从锣鼓队旁边走过，感觉大地都在发颤，那力度和气魄可想而知，小城的人们却从来也没有感觉出它的吵，而是一年一年、一代人一代人地枕着这锣鼓声进入了春天的梦乡。

有一朋友，特爱敲鼓，他说他最爽心的事，就是去打鼓了。一拿起鼓槌，就特别快乐、兴奋、满足。一打起鼓来，可以不吃不睡，却有使不完的劲。小时候，每每看到人们手拿着带着红绸的锣锸或是鼓槌敲锣打鼓的场面，便会从心底升起感动来。那是一种力的启迪，是一种豪放的美的感召，是一种精神的挥洒和诉说，带着一种沧桑感和神圣的崇敬。据说那锣鼓队的人是没有报酬的，都是因为爱好而走到一起，有的一家人都在锣鼓队上……

如今，随着电视的普及，春节家家都守在家中抱着电视看，觉得年是越来越没有滋味、没有劲头了。一咂摸，才知道，少了那锣鼓声，年竟没有了精气神，没有了年那浩大的声势，也就没有了让人牵肠挂肚的神韵，年便不再那样地鲜灵和生动了。

年的模样

一般锣鼓队一出来，扭秧歌的、玩背装的、舞狮子的、大头娃娃、踩高跷的、玩高抬的也都出来了。这是家乡年的内容、年的模样。

我最喜欢看的是玩背装的。五六岁的小孩子穿上戏装，甩着长长的水袖，男孩子拿着扇子，小脸上画得粉妆玉琢般，不时地可看到大人将剥好的糖果用护杠顶到那孩子的嘴里，人也更甜甜蜜蜜地惹人爱了。小孩子站在一个花枝上，花枝由一个大人扛在肩上，一路走着一路很生动地扭着。旁边有人扛着长长的护杠，孩子扭累了，旁边的人忙上去，一个胳肢窝一个护杠架着休息一下……常羡慕那扭背装的小孩子，有糖吃，又好玩，又那样抢眼，真是风光极了。常常是撵着玩背装的看，百看不厌。人多得拥挤不动，大人抱着小孩子挤得鞋都丢了，连临街门面房的窗台上都挤满了人。没办法，我们就常常跑到楼顶上去看。有时能一直看到那玩背装的走回家，从花枝上被抱下来，才恋恋不舍地离开。那无疑是对美的一种向往和渴望。

还有舞狮子的、扭秧歌的、踩高跷的、玩高抬的，他们到哪里，人海就卷向哪里。有些单位和商家为了让舞狮的队伍在自家门前多玩一会儿，暗合锣鼓喧天闹新春、欢乐喜庆之意，就截着舞狮的队伍，放上长长的一挂鞭炮，队伍便会在那门前停下，玩上一阵子。如果主人觉得不尽兴，再放上一挂鞭，那队伍便会再多停上一阵子……

年的温度

家乡的年是有温度的，那温度带着亲情的温暖和春天的呼唤。

春节是有很多忌讳的。临近春节，家中的大人就会再三交代孩子，不能说“死”之类的不吉利话。初一早上为获好兆头，大人都不叫小孩子起床，而是事先交代：早上一放鞭炮就要闻声而起。如果还不起床就再放鞭炮，直到那孩子起床为止，怕的是叫孩子起床，孩子脱口说出：不起来。老人认为那一年都会不吉利。大人当然忘不了吩咐孩子们见了长辈或亲朋好友要说吉利的话，要拜年之类。于是那几日，人人春风满面，喜气洋洋；耳中听到的都是祝福吉祥的话，让人心中暖洋洋的。而家家户户的垃圾也不能倒，要等到初五的早上，才将所有的垃圾和灶膛下的灰土全部清理并远远地倒出去，名为“送穷灰”。人们这样做的目的无非是表达一种美好的祝福：希望人人都在新的一年中，健健康康、平平安安、顺顺利利、财运福运亨通。就为了这美好的心愿，人们坚信避讳了那些不吉利的字眼，遵从了这些仪式，就会远离灾难和不幸。与其说是迷信，倒不如说是人们对自己信念的一种崇敬，是人们对美好生活的向往和追求，相信冥冥之中有一股神奇的力量会被自己感动，从而带给亲人好运和旺运。这也是老辈的人每每在过年的时候都要举行许多神圣的祭奠仪式的原因。

年是亲情碰撞、汇聚的时刻。在过年中，初一一大早做小辈的就要在大人的指点下，到附近的亲戚家去拜年，从初二开始更是拎着大包小包到亲戚家拜年的亲情大燃烧或亲情大周游；而新人按习俗更要在结婚的第一年春节中拜遍亲朋好友。家家户户都少不了的便是去上坟，给逝者烧一份纸钱，寄托对逝者的一份追思和怀念。而那远方的游子走得再远，也忘不了春节回来认认祖坟，给已逝的祖、父辈亲人烧烧纸钱。不论大官小官、大款还是农民，即使回不来，也不忘对家中的人交代一声，别忘了上坟哪。中国人的亲情是融入血液、根植于灵魂的，在敬祖归宗这件事上，有着难以释怀的情结。

春联则是年在春天和人们的心灵中架起的一座桥梁，通过它，人们走向春天温暖的怀抱。

年的温度融入的是中国人几千年文化传承的活力和生命，融入的是中国人的善良、宽厚、美好的朴素情怀。

年是一种文化，是根植于民族心灵深处的，一旦和民俗生活紧密相连，年便神采飞扬；年是一种生活化了的希望，经过千百年的沉淀和汇聚，在一个特定的时间内迸发性地展现，它和人们的快乐一起成长。简化了程序的年，是掺了水的酒，失去的是它的醇香、甘美，还有陶醉的记忆。如今的年除了夸张的奢侈、庸俗的浮华、虚伪的温情，还有什么让人怀念呢？

家乡的年，让人听到的是欢笑，看到的是幸福，放飞的是希望，感受的是温暖，忆起的是甜蜜，记住的是陶醉……

怀念家园

和很多城里人一样，我的家就在某个街道的一幢家属楼里。

然而，在很多时候，在自己的三室一厅里，虽然有珍视自己的丈夫、活泼可爱的儿子，但给我的感觉却是：这里只是住的地方，而不是家。于是，我享受着家的温暖，却又总感到缺了什么。这让我常常想起农村老家来。

我的老家，必须有一条歪歪扭扭的小路，小路旁是疏疏落落的草木和星星点点的小花，一些漫不经心的枝条总挡着小路，让行走有着穿过原野的感觉。

必须有一条清澈的小河，过河的石头一半淹没在河水里，长满绿得发黑的绿藻，脚踩在石头上，就会有小鱼小虾窜出。

村庄前必须有一口石砌的水井，水井的内壁长满羽毛一样的蕨类植物，让人感到泉水都经过了植物的过滤。井旁是几棵一搂粗的大树，大树上缠满了粗大的紫藤，春天是一树的紫雾，夏天纳凉的时候是一树的风声。

村庄前必须有一个不小的竹园，把村庄藏在绿色深处；冬天树叶落尽，让竹园保存着村庄的生机。

村庄必须被杂树掩映，站在村庄前的山坡上向村庄望去，只能看见黄昏里袅袅飘荡着的青烟。当酷霜来临，村庄翻飞着田野的思绪，让草屋房舍享受阳光，让枝杈挑起蓝天的旗帜。

村庄前必须有一个不大不小的池塘，池塘一边是两棵向水面歪着身子的大桑树，让树下的塘水黑洞洞吓人；一边的陡坡上则长满黄荆、酸枣与杂草，草根处有青蛙光滑的土窝，稍有动静，青蛙就会跳进池塘。池塘里经常有小鱼、泥鳅打溅儿；在闷热的夏季雨前，红色、黄色和花色的蜻蜓飞来飞去，水中照出它们狂乱的影子。

村庄必须有果树与花树。高大的惊梨树一到夏天绿叶就掩盖不住红艳的惊喜，秋天的沙梨树一落叶就露出了褐红的珍藏。而花树，如百日红，一直从春天红到深秋，桃梨杏李如急雨匆匆落彩，那些有名无名的杂树的小花，如温暖的小灯，在田野间闪烁不定。

村庄必须是一个鸟的世界。那些喜鹊、乌鸦、布谷，总会打破山野过分的寂静；胆小的竹鸡、好溜的鹌鹑、好逃的秧鸡、好呆的石画眉，总让村庄充满灵性与动感。

村庄必须牛羊成群，牛羊的走动，让山野成为村庄的苑林；必须有鸡鸣鸭叫狗吠猪哼，让野性的世界笼罩着生活气息。

村庄外必须有成片成片的水田，水田种满绿莹莹的水稻。初夏的风一阵紧似一阵，稻田里向远方滚过绿色的波涛；蛙鸣虫鸣覆盖着夏日的夜晚，清凉的微风又送来小溪含混的声响。

就是在这样的环境中，有我的老家。我的家必须有一个小小的庭院，主屋是土板打墙盖成的草房，土黄的墙壁上必须挂着一堆一堆的黄玉米，挂着一串一串的红辣椒，挂着一嘟噜一嘟噜的药根布袋。露豁口的院墙上，墙根必须长满青苔，墙顶是长一身小刺的仙人掌。院子里必须有大大小小的几棵树，必须有一棵弯腰或不弯腰的老枣树，让八月的枣红吸引小鸟和孩子的目光。

这不是我想象中的老家，而是我小时生活的老家。

尽管现在老家的那条小路已变成了通汽车的水泥路,过河的脚踏石变成了很洋气的石拱桥,那些大树、竹园、池塘已不复存在,草房也变成了平房、楼房,但那永远是我的老家。它消失在我的无奈中,却保存在我的灵魂里。

婚 宴 记

前不久，在素有“八百里伏牛山，五百里丹霞寺”之称、闻名遐迩的丹霞寺脚下一个美丽的小山村参加一个婚宴，触动了我许多情愫，特以文记之。

帮忙的人真多

婚宴是一个亲戚为儿子结婚举办的。到了吉日，我们在县城收到通知的几家人相约找了一辆面包车，兴高采烈地开往亲戚家。

车子尚未进入村庄，便见沿路两旁的树上，个个贴着写有“喜”字的大红喜帖，喜帖足足贴出有一里远。

一进入小村庄，喜庆的唢呐声从高远的天空扑面而来，此时即使不知道亲戚家在哪儿，循着唢呐声与喜帖也一定能准确地找到家中。远远地看到亲戚家门口人来人往，好不热闹。渐近了，看到的全是欢笑与喜悦。在大门口的空场中靠东边盘着一溜三口大锅，炸好的鱼已经装盘放入大蒸笼等待着上锅蒸，厨师抡着硕大的菜刀正忙得不亦乐乎；烧锅的在灶台下专心地烧火，脸被火映得红红的；两边满满地摆放着待客用的桌椅。门口放鞭炮的两个小伙子西装革履,各抱着一根两三米长的竹竿,上面盘龙似的缠着长长的鞭炮,单等迎娶新娘的花车到来。

走进门,偌大的院落已是人头攒动,堂屋门前的右边摆着新人拜堂的礼桌,那热闹的唢呐声就是桌上的音响发出来的。后面是大红绸缎被面张着的屏风,上面挂着斗大的双喜字,礼桌前摆着四张旧式的圈椅,地下一条席上放了一床崭新的花团锦簇的被子,我不禁想:难道新人要跪拜吗?这种礼仪好像很久没有见到了。现在的婚礼,新人行的都是鞠躬礼。两挂长长的鞭炮从堂屋门口的房顶上直垂地面,院里也摆了待客的桌椅,偌大的院落便显得拥挤起来。

堂屋门口稍靠后的左边,摆着一张桌子,是专门收礼金的所在,有人负责写礼单,有人负责点钱,而管分发烟酒的也在旁边忙着,还有专门管招待、迎接客人的,叫"大招""小招",叫法不同,责任也不同。大招负责待客的全面安排,主要在门口迎客人,带着新人到各桌介绍认识老亲旧眷,给人敬酒;小招只负责酒席上人员的入座就席。端条盘、洗碗筷、剥葱洗菜、给厨师打下手各管一工,帮忙的足有二十多人。招客的要德高望重见过世面的老江湖,帮忙的虽多为子侄辈的年轻人,也要因人而异、发挥专长。待客场面宏大、头绪繁多却并不慌乱,人声嘈杂却井然有序。

在农村待客与城市明显不同,城市讲究的是档次、品位与排场,在华丽与盛大中多了几分霸道与势利;而农村的待客,往往是一种本土的热情,在喧闹狂躁之中,悄悄流动着一种对人生大事的认真与喜悦。

新人进门

上午十点多钟,在此起彼伏的鞭炮声中,新郎用鲜花簇拥的花车迎回了新娘。浩浩荡荡的车队一字排开,两位新人下车,门口抱着竹竿的两个小伙子连忙点起长长的鞭炮，喷彩花的人也拥上前来，彩色的礼花便仙女散花般从空中纷纷扬扬飘落。穿着婚纱的新娘，浓妆艳抹美丽极了。婚纱的兴起在家乡还只是近几年的事。老辈的人有很多忌讳，过去的新娘都是一色的红衣服，刚开始兴婚纱时，有些守旧的父母坚决不允许穿婚纱的新娘进门，现在即使穷乡僻壤新娘穿婚纱也不是什么新鲜事了。

车门打开，新郎的侄子便飞快地从伴娘手中接过红包袱，从中拿出一双新鞋让新娘换上，这代表新娘在婆家新生活的开始。在众人的哄闹声、震耳的鞭炮声、五彩的礼花雨中，新娘被新郎抱入院中。新人在礼桌前站定，人们都聚集在一起，双方父母也在礼桌前就座了，我不觉有点纳闷：这好似是城市习惯，按我们当地的风俗，女方父母不能在婚礼上露面的，而现如今女方的父母也在场，还要接受新人的礼拜，倒是一件让人开眼的新鲜事。正在胡思乱想间，新婚的仪式开始了。

正如我的揣想，这是一场传统的婚礼，一双新人跪在那床崭新的被子上开始行礼。在乡村，婚礼是新人开始新生活的神圣时刻，也是参加婚礼的人笑闹调侃的欢乐时光，更是整个喜宴的高潮和亮点。司仪一般都是个中老手，既要调动人们的情绪显示热闹，使婚礼中规中矩顺利进行，又要调控现场人们的情绪，让婚礼达到高潮，这才算一场成功的婚礼。一个优秀的司仪，能够将看似普通的婚庆仪程，主持得高潮迭起、情趣盎然。在新人拜过高堂后，司仪要求新人面向对方的父母叫爸妈，这叫“改口”。先从新郎开始，在司仪“一、二、三，开始”的指挥声中，新郎要像叫自己的父亲一样先对岳丈叫“爸”，再按当地的土话叫“爹”，然后按港台叫法拖着长音，扭着身子，像小孩子撒娇般叫声“爹地”，那场景让人笑倒。司仪还要适时作态调侃地征询参加婚礼的亲朋好友的意见：“大家说，他叫得亲不亲？声音洪不洪亮？过不过关呀？”爱热闹的小伙子们便起哄：“不过关！”“没听见！”司仪便又转向新郎：“大伙不批准过关，重叫！”新郎只得鼓足劲，更加响亮地重叫一遍，司仪便会说："声音也亲了，也洪亮了，可惜，身子没有扭，不撒娇，不标准，重来！"新郎只得做小女儿状，带上动作，娇滴滴地重新表演。司仪连双方的父母也不放过，新郎叫一声，做父母的要答应一声，司仪会故意挑剔："做长辈的回答得不情不愿、不响亮，重来！"新郎只得老老实实重叫，做父亲的也要重新鼓足中气答应。接下来是新郎对老岳母叫"妈""娘""妈咪"，如法炮制，人群中掀起一浪高过一浪的欢笑声，而我笑得眼泪都出来了。整个结婚仪式进行了一个多小时。最后是新人入洞房，至此，大人们的搞笑结束了，轮到小把戏们上场了。

新娘入了洞房要象征性地洗脸、洗手，取面对新生活之意。小把戏们有慌着拿盆打洗脸水的，有拿毛巾的，有递香皂的，还有刚才拎包袱、换鞋的……一群群的孩子忙活完，便伸着小手讨喜钱。还有什么也不干的，就叫一声"婶子""妗子"，也要讨喜钱。讨得了喜钱，一个个乐滋滋地才散去。也有不懂事的小孩子站在新娘身边，已经要了一回喜钱，一会儿伸出手来还要；新娘也不计较，只管欢喜地发红包，有人讨就发，就像被欢乐和喜气充溢得透不过气来，要通过这分发喜钱来释放和平缓内心的快意和兴奋……一个女人最美丽动人、最风光快意的时刻，不就是这一刻吗？

开　　宴

婚礼的第二个高潮就是吃喜宴了。

在农村，一家有喜事，全村的人都帮忙，自己再忙也要放下自己的活儿来帮忙。"乡里乡亲，这样的忙能帮几回呢？"这是他们嘴边的话。而喜宴自然也是家家都参与，在这里帮忙的人还享受着一种特殊的待遇——倾家而出吃喜宴，那真是人间最热闹、最温馨的场面。

院里院外摆得满满的都是桌椅，我算了算有二十五桌，在农村这是很普通的规模。

客人们在招客的安排下各自就位，桌上摆着瓜子、喜糖、喜烟，更有那拖儿带女来参加婚宴的，大人要不时呵斥着不听话的孩子，而孩子们则不管不顾地在桌子间追逐嬉闹……女人们互相唤着七大妗子八大姨，嗑着瓜子、含着喜糖在一起拉着家常，在这里喜宴是一个亲情汇聚流露的场所。男人们则聚在一起开始了开席前的玩乐节目——打牌，有打的，有看的，各得其乐。

开席了，端条盘的走马灯似的，大篮子挨桌分发餐具酒具，大篮子上馒头，然后端着条盘挨桌上菜，每桌先上四个热菜四个凉菜，凉菜一上接着有人上酒。会喝的只管猛喝，没有限量，猜枚划拳的声浪渐渐一浪高过一浪，最后成为喧闹的海洋。而这时，也是考验娘家人的关口。

在当地，平日送新娘过门的娘家人都是双数，图的是吉利，成双成对嘛。这一天娘家人要接受最隆重的待遇，要被安排在最好的上岗子位坐。而且来的人一般是新娘的至亲，又能说会道，还要有相当的酒量。山里人实在、深沉，情感不外露，对娘家人的尊重和亲近无从表达，就想方设法让娘家来的客人吃好、喝好，而喝酒则是最能表达心意、最直白的示好方法了。所以喜宴上不把娘家的客人劝得喝晕一两个人，主家便认为自己没有招待好娘家人，心里愧疚。

而这一天的喜宴上，娘家人比较特殊，只来了新娘的父母和一个表哥，一问才知道，原来新娘是杭州市人，是家中的独女，南方风俗与当地不同，女儿出嫁，父母要亲送女儿到婆家，亲眼看着女儿成礼。新娘的母亲患有血癌，身体极弱，自生病后，除了医院、家，再没出过一次远门，本来她的姐姐说要代她送女儿远嫁，做母亲的却坚决要亲送女儿，谁劝都不听。在决定送女儿的同时，她也将自己的遗嘱写好并进行了公证。新郎的哥哥告诉我们，新娘是这位倔强母亲在上班路上捡拾的，一个月后她发现自己也怀孕了，为了全心全意照顾捡来的小生命，只好忍痛将自己的孩子打掉，再加上后来身患重病，便再也没有要孩子。本来这门婚事,新郎父母一百个不情愿,说亲戚太远,等于自己给人家养了个儿子,可听了女方母亲的故事也深受感动,转变态度,高高兴兴迎媳妇进门了。在操办婚礼上也多遵从女方的意见,打破了本地的常规习俗。听了这个故事,我们不禁对那位看似柔弱的母亲产生了敬意。

按照当地风俗,叔伯子侄们都排着队到娘家客人的桌上敬酒,一人敬两杯,取自好事成双的吉意,而婆家的双亲赶忙上前解围,讲明亲家母身体不好,让大家手下留情。山里人忠厚善良,便真的没有像往常那样猛劝,反倒是新娘的母亲,听说要"好事成双",虽然不能沾酒,但每人给她敬酒时,她都满心欢喜地端起酒杯象征性地抿够两下才肯放下,好像这样做了,就真的能让好事成双的吉言应验似的,她的虔诚和坚定深深地感动了在场的每一个人,而我的心中竟也酸溜溜的……

一对新人在大招带领下开始挨桌敬酒。一直很高兴的母亲这一刻竟变得有点坐卧不宁了,进进出出地看了好几次,后来才知道她担心女儿不会喝酒。大家告诉她,在这里,新人是只敬酒不喝酒的,母亲立刻笑得像花一样了,连声称赞:这规矩好,这规矩好,你们这里的人真好呀!新人按辈序敬亲朋好友、敬大厨,最后敬帮忙跑腿的,保证一个都不落下,皆大欢喜。

婚宴持续到下午四点多才结束,而参加的人皆尽兴扶醉而归,整个小山村也醉了……

想那日,小山村的夜晚,一定会做一个长长的、香甜而浪漫动人的梦!

天　　籁

我说不清这是第几次了,朋友从遥远的首都音乐会现场给我打手机,让我分享她所喜欢的歌星演唱,分享她的快乐,可她哪里知道,在她如天籁之音,而我却对那伴着风声有点嘈杂的歌声显得麻木迟钝。这不怪她,远隔千山万水的信息传递,失真在所难免,不在场的情感也难以燃起共鸣的激情。之后她必定还会一遍遍地将歌词用短信或邮件发给我,那种由衷的幸福和快乐像海浪一样汹涌,让人难以想象她已是人到中年,这不禁让我想起了很多。

上学时,痴迷三毛,有一个梦想便是背着旅游包走遍万水千山。可到今天,我仍蜗居在小山城,甚至连最向往的大海都没有实地看过。记得有一次一位出差的朋友从遥远的海边给我打来电话,却只有两个字:你听!之后便是排闼而来的海浪声覆盖了我,天地之间只有海浪声那么真切地澎湃着、咆哮着,那样地生动有力,那样地充满了激情……虽然我仍没有看过大海,但大海却从此栩栩如生。

朋友的概念和诠释也许有很多,但在我看来你所喜爱的你总想和他分享,他一定是朋友。朋友没有距离,常常在你意料不到的时刻走到眼前。一个夏雨后的傍晚,我踏着还是满地碎玉珍珠的青草地,走入一座雾岚还丝带样飘在胸前的青山。在半山腰的池塘边，我被浑阔的青蛙的大合唱所震撼。蜻蜓成群地在池塘上翔舞，水面的涟漪将一个又一个的惊喜弥漫、荡漾开去，那高亢激越的无数青蛙的歌唱伴着此起彼伏叫不出名字的虫儿的合鸣，在火一样的夕阳下，演奏出雄壮的交响乐，带着生命的自豪、喜悦，倾诉着大自然生生不息的自信和神秘，飞扬天外。在激动和陶醉的瞬间，便有一种冲动，想让遥远的朋友和我一起来分享这天籁之音，可是，手机拿出来，我却放弃了。有些朋友是用来想念的，却不能和你分享快乐、为你分担忧伤，这样的朋友不多，但却刻骨铭心。

看过“红火焰”的成长仪式。“红火焰”是一种家乡的小鸟，大概是因为它的整个胸部都是鲜艳的火红色而得名吧。在我家老屋的屋檐下有一个“红火焰”的鸟巢，连续数年都有“红火焰”在那里哺育下一代。在小鸟羽翼丰满时，小鸟的父母会邀三两个成鸟为小鸟举办成长仪式（我这样命名）。从一大早开始，这些成鸟便会在鸟窝附近的树枝间跳跃鸣叫，而小鸟的父母则不断地在鸟窝前盘旋飞翔。小鸟刚开始不予理睬，只在父母飞来时，张着小嘴鸣叫，它们希望父母像往常一样喂食。可是它们失望了，于是便不解而哀哀地叫着。这没有让成年“红火焰”心软，成年“红火焰”耐心地不停鸣叫引飞着。终于有一只小鸟战战兢兢地走出了窝，拍着稚嫩的翅膀飞了出来，第一次的飞也许只能叫滑翔，它很快便跌在了灌木丛中，接着是第二只……这需要一整晌的时间，所有的小鸟才会从庭院中、从灌木丛中飞离，开始真正的飞翔。也许在某一个阳光明媚的早上，那些“红火焰”的歌声还会汇入黎明前小鸟的大合唱中。那一定没有了胆怯和焦虑，而是一种自信而欢快的歌唱，我常想：在“红火焰”的父母们听来那应该是世上最美的歌声。

看书，每每在看到形容音乐和歌曲的美妙时，便少不了一种困惑：它们美得过清晨小鸟的歌唱吗？我的小屋背靠大山，很多次，我都是在小鸟的大合唱中醒来的。我也习惯了醒来后不起床,感受片刻鸟儿的欢乐,品味着鸟儿们相互卖弄的歌喉,欣赏着大自然在新一天的纯净颂歌,向所有的生灵致敬问好。好几次,小鸟甚至飞上我的窗棂,扑棱着它的双翅,好奇地张望着,好像在询问我为什么要辜负这大好美景。也有很多次,在静夜中,夜行的小鸟或大雁的鸣叫划过夜空,唤醒了我的梦。那也一定是个皓月当空、树影西斜的夜晚。思绪便不由自主地飞升,随着鸟儿神游,和月亮对话,与星星牵手,心驰河汉,神思悠悠,那些“明月几时有,把酒问青天”之类的诗词也会源源不断地走来……

喜欢古筝版的《梁祝》,手机换了几个,可彩铃一直以它为主题。朋友给我寄来包裹,打开看竟全部是世界名曲 CD,而且是英文版。听了几张,因为不懂英语,最后只能束之高阁,辜负了朋友的一番美意。可我一想到她在北京图书大厦如林的书架前细细为我挑选 CD 的样子,便不觉会微笑起来。

狗尾巴草的夏天

我工作的单位坐落在城市的边缘,办公楼前有两个大草坪,草坪上的草据说是很昂贵的,从办公室的落地窗望出去,随时都能收获满眼的绿。

今年夏天病休上班后,有一天清晨,我从草坪边拾级而上,惊讶地发现草坪竟然成了狗尾巴草的天下了。高高低低,有的直直地高昂着毛茸茸的头,有的像成熟的麦穗含羞颔首,修长的绿叶上露珠在朝阳下闪闪发光,俯仰起伏,神态各异,却都有一种神韵,氤氲出饱满的诗意;爱热闹的麻雀在狗尾巴草的草坪上跳跃觅食……那一刻,真的让人心生愉悦。狗尾巴草在我的家乡也叫汪汪狗草,我想可能是它的花和果实都毛茸茸的,像狗尾巴而得名吧！至于它的学名叫什么,从来也没听谁说要去探究一下,我也是。应该说在草中它是最贱的一种,好像除了沤草粪别无用处,也好像它是和乡村紧密联结在一起的。除了少时的记忆中还留存有它的影子,在城镇生活了几十年,我从来还没有像那个早晨一样,发现不登大雅之堂的狗尾巴草在城市的一隅竟然独领风骚,这真是一件奇异的事情！

从这一天开始,我的目光更多地投向草坪,投向那些狗尾巴草。

好几个黄昏和雨霁之后，当远山还在云雾的缭绕中努力完成着一幅水墨画时，成群的蜻蜓在草坪上流连忘返，它们轻灵的身姿驻足在狗尾巴草毛茸茸的脑袋上，在微风中轻摇，让你也心摇神驰。细细看去，喜欢狗尾巴草的生命还真不少：有上蹿下跳的蚂蚱，偶尔还能看到洁白的鸽子和长尾巴的喜鹊在草坪上悠闲地散步；好几次，我还看到食堂喂养的猫妈妈带着它的猫仔猫妮眯着眼躺在草坪上晒太阳，或在草丛中追逐玩耍；晚上加班，还能听到草坪里各种昆虫合奏的小夜曲……

我好像从那个清晨起便揣了一个秘密。每天欣赏着狗尾巴草的风景，竟然有一种物我两忘的快乐。有一天，我将狗尾巴草连根拔出一大把，带回办公室插进水杯里，室内便立刻弥漫着淡淡的清香，那应该是土地和阳光的味道。狗尾巴草几乎吸引了每一个走进我办公室的人的眼球："哪里弄的汪汪狗草，这么漂亮！""啊，你咋弄些狗尾巴草呀！不过也挺好看的。"……听说是院里草坪上的，大家的惊奇就更夸张了，而一位同事的话让我立刻"加"他为知音，他说："狗尾巴草也能让你整得这么好！"我说："唉，原以为将它采下来会将那种韵味带回来，但是没有。"他竟说出了一句我想说而没说的话："一离开土地，它就失去了那种在大自然中无忧无虑的美，一种快乐自信的美！"我终于明白：有一种美只有在大自然里才能看到，只有根扎在土地上才能展示出来，那是一种不畏风雨、在阳光下自由舒展的美，一种紧紧依靠土地，每时每刻都在成长的快乐和自信。

一个双休日过后，长满狗尾巴草的草坪又被工人们收拾得齐齐整整，狗尾巴草消失了。偶尔，我将目光投向窗外，还会想起它们在微风中、在阳光下自由欢乐的样子……这就是大自然的伟大。大自然中很多生命终生不言，但它们已经把美带给了你，告诉了你很多，也让你学到了很多。即使失去它们了，又有什么关系呢？更何况，明年它们还会和我们再见。

快乐的石头

原本在我的眼中,所有的鹅卵石都是粗粝而坚硬的,没什么可爱之处。一日,有朋友发来一组石头的照片让我命名,我才第一次发现石头竟然会如此生动美丽。那组石头上有像写意画那样深邃的意境,有古代文字符号一样的神秘和厚重……拟好了名字,我讲出了自己的惊讶,他于是推荐我去奇石馆看看。这一看,在我面前打开了一个崭新的世界,我认识了大化石、长江石、九龙璧、黄蜡石等,也产生了下河捡石头的冲动,谁知这一捡竟至成迷。

捡石头的快乐,不是在得到的瞬间,而是在寻找的过程中。寻找中,你会慢慢改变对自认为很熟悉的山川、河流、土地的认知,内心会变得细腻而柔软,你与自然贴得越来越近,甚至能感受到挂着露珠的小草的呼吸。爱人和我常常是星期天一大早就带上简单的工具、骑上车出发,半年中,我们几乎跑遍了南召的几大主河。我也第一次发现,河水是阳光最好的承载者。放眼望去,满河都有金色的阳光在水波上跳着轻盈的舞蹈,和煦的风把河床当摇篮,水波一层一层地荡漾着,慵懒地走向远方,空气也显得特别明净和温情;脚下踩着细软的沙滩,仿佛又回到了儿时光着脚丫在河中嬉戏的时刻。人是喜欢怀旧的,而怀旧的时候往往是令人神往和愉快的。老实说,我不是很好的捡石人,因为我常常会被河水的清纯所吸引、走神而忘掉了自己正在做的事。我甚至想什么也不做,就在河边看悠悠远山如黛般妩媚,白云在蓝天上优雅地散步……而在冬天,大地裸露着毫无修饰的肌肤,一地的空阔和苍茫,会让人更加折服于自然的伟岸和宏阔。

我发现只要去捡石头,总会有所收获。在不懂奇石的人看来,河里的石头长得都一样,而实际上,河水是流动的图画,石头是凝固的音乐。捡拾石头的过程,就是在解读自然、品味人生。石头看似没有生命,实际上它们无时无刻不在诉说着自己的心事,诉说着苍茫岁月中大自然的沧海桑田、荣枯更迭,诉说着一路走来的苦辣酸甜。我想,也许在月光温润的静夜中,走到河边会听到石头的倾诉,细微而温柔;而在下雨时,这份倾诉会达到高潮,石头与河流在拥搡激荡中澎湃,在恢宏的前进中高歌,在歌唱中石头也付出了棱角的代价,变圆变小,慢慢成为一粒粒沙子。但是,它们依然坚持着前进的方向不变,大海是它们最终的乐园。大多数石头是走不到大海的,它们不得不滞留在某一处河床中,更有一部分在地壳的运动中,上升为高山上的岩石或者深埋于大地腹中,但它们对海的向往一刻也没有停止,总是期待着下一个雨季的到来,期待着重新前进和跋涉。

即使如此,它们最终的命运也是不同的。那些品相好的,得到造物主更多的青睐,天生异质,在满河床的石头中脱颖而出,会被人很快选中。我的选择,会改变一块石头的命运,使之成为案头、架上的奇珍。实际上捡拾石头,是在体验做伯乐的快乐。这时,我常常想起卞和,他倾其一生为一块看似普通的石头屡屡获罪而致残,最后在荆山脚下拖着残躯抱着石头哭得泣血时,是何等的悲壮和凄凉,实际上他哪里是在哭石头呀,他是在哭自己!没有卞和,就没有举世闻名的和氏璧。

最幸福宁静的时刻,是在捡拾之后的欣赏中。除了收获的快乐,更多的是发现的乐趣。一块石头,也许捡时并没有明确的意象,在闲来的观赏中才慢慢地悟出味道,看出门道。现在,我的家中也有可以拿来向朋友展示的劳动成果:有古朴生动的南召猿人头像,有拥有魔鬼身材的长发美少女,有披着神圣的光芒深情回眸的神鹿,有匆忙奔逃的小老鼠……而我见得最多的是大家的惊讶:这是我们河中的石头?你加工了吧?而我从来都是很自豪地回答:这就是我们南召的石头,除了简单的清洗,我没有做过任何加工。从这点上看,我们常犯的一个错误,就是对自己日常生活中的场景太缺乏关注。如果能沉下心来关注生活、关注大自然,你会发现"精美的石头会唱歌",那么,你离快乐还会遥远吗?

阅读一棵树

原以为没有雪的原野，除了满目的枯黄、空旷和苍凉，应该没有风景。但当汽车穿行在家乡的山野中，那些静默沉思的稻茬、那些带着闲雅气质觅食的鸡鸭鹅、那些互相追逐玩耍的乡村孩子映入我的视野时，一种亲切的安详和深邃扑面而来……而乡间的树更是让我惊讶。

此刻正值寒冬腊月，在城市里风景树仍然苍翠着，好像不知时光为何物。而山野的树木却都裸露着枝丫，树叶是早就落尽了，但极目处树木不着一丝装饰的躯干和疏朗的树枝，在不着任何色彩的冬日原野中构成了一幅苍劲而充满了力度美的画卷。每一棵树都贯穿着一种气势，好像每一根枝干都蕴藏着即将爆发的能量，每一根枝条都有呐喊的欲望，却又都仰望着天空，俯视着大地，即便是斜出或倒地的枝条，其枝丫也都倔强地写满仰望蓝天的向往……这是一种震撼人心的美，美得独特而高贵，沧桑而深刻。

我很快被一棵长在地头的树所吸引。我说不上它是什么树，但这棵树，树皮烟熏过似的苍黑，有鹤立鸡群的卓然，与山上随处可见的栎树相比显得伟岸，树冠足有数间房子那样大，树枝遒劲而充满生命的张力。我不由得想起了庄子的树："楚之南有冥灵者，以五百岁为春，五百岁为秋；上古有大椿者，以八千岁为春，八千岁为秋。”庄子的树，理想而浪漫，气魄之大，可与天地并存、逍遥浮世。我眼前的树是不能与之相比的，但它应该是这山中最美的树。还有柿树，柿树的皮也是黑而皲裂，它们都因为充满了沧桑感而让人心动，它们的美与装饰、容貌皆无关，但却美得质朴，美得无畏，风过而无声，沉静而坚定……

我在一棵树旁徘徊，在树的表情里认真地倾听，解读着它的低语，我要解读出：它那裸露而遒劲的枝干，是否在诉说着曲折的命运和永远向前方延伸的希望？当寒风裹挟时，它是否会有“月明星稀，乌鹊南飞，绕树三匝，何枝可依”的伤怀？它们又是如何做到在苍茫大地上，经受着雨雪风霜，却拥有着世上最温柔的心情、最洁净的灵魂，怀有最温暖的向往的？一棵冬天的树，没有附着一片叶片，却在那一刻完美地向我展示了生命的质地。

那一刻我觉得自己心扉洞开、一片清明。那一刻我才发现，一棵树的美丽是一种任凭风吹雨打我自在大地上昂首挺立的姿态、一种风过林涛却难以撼动的意志、一种在冰天雪地间迎风斗雪的坚守和执着，这是城市的风景树难以表达的情怀，是生命的一种宣言和启示。

我的国画老师是有“画虎王子”美誉的张伟先生，他教我开笔的第一课，是画一棵没有叶子的树。他告诉我：一棵树就可以站立成一道风景！虽然我画了不少树，但在那个冬日的上午，面对山野中的一棵树我明白了，我笔下的树徒有树形却没有树魂，而一颗没有领略到树的神韵的心，笔下又如何能有神韵呢？艺术，从来都是人心灵的折射。我也明白了，远在沈阳的国画老师对我的每一次指导，为什么问得最多的不是我绘画的进展，而是我又读了哪些佛学的书，有什么心得，是不是抽时间静心修行了。佛学，说到底讲的是修心。他这样做实际上是要我先从修心做人做起，荡涤心灵的尘垢，以纯净本真的心去面对生活，以一颗赤子之心去投入艺术生命……

也许，张先生想教会我的就是一个理儿：一个人，有一颗本真的心比任何艺术技巧都重要。

也许，像一棵树那样站立着、成长着，不必问生命的意义，不必在意脚下的土地是肥沃还是贫瘠，不必去在意季节的冷暖，不必一定要活得精彩而壮丽，只为了来到这个世界上、生长在大地上这个理由，用质朴和平实，挺直腰杆面对春夏秋冬的检验，即使脚下的土地冰冻三尺，也依然怀有对春天的憧憬，这才是大地上最美丽的风景！

大曼山的石头会唱歌

一

一走入位于南召县板山坪境内的大曼山景区，你便会为造物主鬼斧神工的奇妙所折服！大曼山就像一个二八处子，带着青春期的羞涩、大山的灵气和水的秀美，在山野间静静地展示着自己的胴体，等待着远方的人儿来探秘，来景仰，来寻求生命的静美之源。

大曼山是柔美而又粗犷的。小溪是山的琴弦，是山的吟唱。一路行来，山泉叮咚，溪水或浅不没鞋底或深如潭水，绿油油的，像加了油彩，也像是筛滤大山的颜色。但不管是深是浅，皆可见水底的游鱼或小石子。从喧嚣的城市来到山中，仅看看这清流、听听这水的琴音，就足以涤心而忘俗。山中的鱼儿不大，鱼儿很优雅，一群群地在水中闲庭漫步，只有当游人俯下身子戏水或小孩子作势要来捉时，那鱼才极有灵性地四下逃窜，更有大白天就在水中横冲直撞的螃蟹，慌忙往石缝中逃生。山中最多的是螃蟹，随便掀开脚下的石头，总是有收获——或大或小的螃蟹无处可逃。山里人告诉我们：如果晚上用手电筒照着捉螃蟹，可有成桶成桶的收获呢。

二

山中最奇的是石头。大曼山的石头，都像是经过刀劈斧砍加工的，想来也只有造物主有这样的神奇魔力。山中的石头造型各异。常常是一抬眼看到一个宽数十米的瀑布，飞珠溅玉，而让人称奇的是那瀑布下的瀑墙就是一块大石，气势雄伟，让人赞叹不已，陡升对大自然的敬畏之情。有形状极似寿桃的仙桃石；有自然形成如一弯新月，偏又揽着满怀碧水，清新可爱的月亮石；有形如棋盘、清晰可辨楚河汉界的棋盘石；有在陡峭的崖顶，平坦如街市的天街石；有如玉女高高发髻上的银簪的银簪石；有在半山腰探出身子如伞如屏障般的飞来石；有绵延数里，如阶梯般的天梯石……不用说千秀溪的媚眼是多么的招人爱怜，也不管那五千米杜鹃长廊是怎样的绚丽夺目、繁花似锦，仅大曼山的石头就让人如醉如痴。大曼山的石头会说话、会唱歌，每一个石头似乎都在向人诉说着岁月的悠悠、歌吟着沧海桑田的多变和诡异，每一个石头都是一道风景，都有一个迷人的传说和故事，每一个石头都可书写一篇美文。大曼山也因了这石的世界而增添了情致，变得富有诗情画意，插上了想象的翅膀。大家一路走来、一路点评、一路命名，皆忘掉了登山的疲劳。

三

下得山来，我不觉想：大曼山像它的名字一样充满了柔情。山里的孩子随便起个名字：大曼、二曼、小曼，那做老大的一定是勤劳、朴实、宽容而向上的，为人一定含蓄而不张扬。大曼山也是，它没有华山的险奇，也没有泰山的霸气十足，它的山势舒缓而丰满，饱含着激情，它就像一个山姑,张开它的怀抱充满温情地迎接着四方的来客。作为青少年丛林锻炼基地,大曼山实在是再合适不过了。

在山脚下的农家吃过一顿带着山里特色的饭菜,如香菇炖柴鸡、柴鸡蛋炒山韭菜、拳菜烧腊肉拌着鱼腥草茶和柴火铁锅做成的香喷喷的大米饭,大家余兴不减,缠着女主人问这问那,对什么都感到好奇。大家感到最有趣的莫过于女主人掂着竹篮上山去收鸡蛋了。女主人说,山里人养鸡从来都不喂食,鸡整天就在山上跑、在山上过夜、在山上下蛋,谁家要收鸡蛋,都是掂着篮子上山找。在春天,隔几日就能拾一篮子。我们奇怪:那怎么能分出是谁家的鸡呢?女主人更奇怪:自家的鸡咋能分不出来呢?直到离开我还在寻思:也许山里人认东西有秘诀,等回头人少了,一定要好好请教。结账时,问她多少钱,她竟出语惊人地说:“随便,随便给吧。”询问再三,她都是这一句话,倒让我们这些习惯于被宰也随时准备回砍的人,一时竟不知所措,多少有点出乎意料的尴尬。

这就是山里人,质朴、憨厚、简单,没有心计得让人不知该如何面对。仅此一事,即不虚此行。

正是漫山红遍时

对杜鹃花的期盼已经很久了。南召县素有“万亩杜鹃园”“十里杜鹃长廊”之称,但我却无缘一睹其芳容,反而是远离故乡的人心心念念地牵挂着它。同学远在省城,去年五一节曾打电话要带朋友回来看家乡的杜鹃花,想是那份思乡的情怀已变为诗意的向往了吧。可是一打听,因杜鹃花多生长在高海拔的深山中,要迟些日子才开,便告诉朋友等些日子,这一等竟是一年。

今年5月中旬,朋友们终于回来了。吃过早饭,我们一行十数人就向杜鹃花最多的南召县马市坪乡进发。一路上盘山公路在大山中迤逦蜿蜒,车在绿海中游曳,人便被深深浅浅的明亮而厚重的油绿、娇滴滴的嫩绿、还带着鹅黄让人爱怜的新绿所淹没,连从树叶的缝隙中筛下的阳光也是绿色的,光与影的重叠变幻让人恍如进入了一个梦幻般的世界。有风从天边来,所过之处,绿海翻波,万木欢歌,让我的心也一波一波地荡漾开来……

车行40分钟后,在光谱不断跳跃的绿色中,我不免担心起来:怎么没有看到杜鹃的影子呢?“还早呢,到山上才行呢。”李乡长的笃定让我稍稍心安了。车又走了10分钟后,这份担心又来了,我虽然已看到了万绿丛中星星点点的红色格外耀眼，但这与我想象中的“万亩杜鹃园”实在相差太远。正在这时，车转过了一个山崖，没有任何的心理准备，漫山的杜鹃花火一样地燃烧着就撞到了眼前，那种视觉的冲击力震撼人心。大家纷纷惊叹着从车上下来，忙着拿出相机、手机拍照。

据说蜀王杜宇死后变为杜鹃鸟，日夜啼鸣不息，口中鲜血落地变成了杜鹃花，所以一提到杜鹃花就让人有凄美的遐想。可是此刻的杜鹃花，却是美得灿烂、美得波澜壮阔，那是我见过的最壮观、最绚丽的图画！放眼望去，层层叠叠的山峦，花团锦簇，热烈的大红像一丛丛火炬，娇美的桃红像彩缎，又似彤云落到了山间，这一刻，大山不再狂野狰狞，而是风情万种、柔情似水。这一刻，我才真正理解白居易的诗：“闲折两枝持在手，细看不似人间有。花中此物似西施，芙蓉芍药皆嫫母。”杜鹃花真不愧“花中西施”的美誉。

人在花中行，红色的花瓣雨一阵阵飘落，落英缤纷，令人不忍落脚。一瞬间，几疑自己就是那崖壁上美丽的杜鹃，在蓝天白云间、在山川秀水的怀抱中，任清风过耳、白云悠悠、阴阳更迭、流水潺潺。也许自己的前世就是杜鹃花，才有了今生此时此刻的相见，一见之下却已是忘言。杜鹃花很少独开，不开则已，开则漫山遍野，绚丽多彩，好像将生命中所有的美丽做集体的展示，令群山动容，万木颔首。一株是美，千万株就只能让人叹惋：此物只应天上有，为何误落到人间？

友人说，杜鹃花的美丽让他心痛，因为这样的美丽埋没于深山中，实在让人痛惜。我不这样看，此刻那俯下身子似和人们轻语的杜鹃也许正在说：“你来了，看到了我最美的时刻，我的生命就已经有了意义。”而我们看到的也只是“万亩杜鹃园”“十里杜鹃长廊”的一部分，还有很多杜鹃花是不为人知的，它们在清风明月间自开自谢，但是它们从不自弃，而是依旧笑对生命的旅程，将生命的每一分钟都活得精彩而美丽，将一腔情怀化作火一样的花朵开得热烈而奔放，将所有的爱恋化作诗行抒写在深山的怀抱里，挥洒在这片有着古长城、古猿人的古老土地上。李乡长介绍：杜鹃花从4月底开始，从山下向深山中递次开放，一直能开到6月份。越往山中、越是人踪罕至处，杜鹃花越美丽。达到一定的纬度，杜鹃花还有黄色的、紫色的，杜鹃中的极品——白色杜鹃花，生长在最高峰无人涉足处，有着超凡脱俗的美。

在山中，我们碰到了一群群从省城、南阳来的影友，是美丽的杜鹃花让我们不期而遇。听说他们一到这里，就流连忘返，钻到花海中忘了吃饭，忘了时间，忘了下山，但是照片洗出来，又觉得自己技艺不精，没有拍出杜鹃的美丽和神韵，于是便一趟一趟地到山中来。没有汽车，就驾摩托车，他们相信令自己满意的作品就在眼前。我们同车的一名业余摄影师，更是从4月底第一朵杜鹃花开就上山开始拍摄，从山下一路追踪拍摄到山中，差不多一个月时间他已上山拍了十几趟，可是直到今天还没有拍到令自己满意的作品。看着他那张被太阳晒成古铜色的脸、谈到杜鹃花时的那种一往情深，我真想对他说：你不可能拍到满意的作品。一部小小的相机怎么能够表达出造物主的神奇、伟大？这世上应该有一种带不走、留不住的美丽，一种让人心痛的美丽，那就是杜鹃花的美丽。

遥远的樱桃

春天,是樱桃花开的季节。樱桃花素洁而不媚俗,显然不适合城市的品位。城市没有樱桃花。

在城市,人们是最早享受到樱桃等时鲜瓜果的。乡村的樱桃树刚刚挂上米粒大的果实,如玛瑙般美丽的樱桃已鲜亮而娇贵地抢滩,登上了城市那趾高气扬的餐桌、果盘。但是,这些温室、大棚中的宠儿,甚或是经过人工催熟催红的昂贵杰作,早已失去樱桃那传统、纯正而鲜美的口感……农村的樱桃一撇小嘴,笑语嫣然:那怎能算是樱桃呢?城里人没吃过真正的樱桃,难道你也忘了本了吗?再看去,那小脸由黄变红,宝石般流光溢彩,摄人心魄;手指未到,它已是羞不自胜,轻掩小口跌落掌中,晶莹圆滑,好像要浆液爆裂四下溅流似的,令人不忍吞咽;入口甘甜、酸美,令人心爽而神清,回味悠长,这才是真正的樱桃!

可惜,当乡村真正的樱桃丰收时,城市的樱桃已经走红过了,城市的小贩腰包已经鼓起来了,城市又有了新的时鲜果品的诱惑……城里人永远在追逐时尚和猎奇中恣肆地浪费着自己的情感和金钱。没有人再看顾这一脸兴奋而又不安的、如第一次进城的村姑般的乡村的樱桃……乡村的樱桃惶惑而不知所措,它慢慢明白了自己的不合时宜和不安“人命”的尴尬境况。乡村的樱桃哭了，它没有想到自己会有这样的命运：随着春天的脚步，花开花落；在满腔希望和憧憬中，成熟了自己瑰丽的梦，却只能点缀乡村的风景，被城市拒绝在繁华和喧闹之外……

城市的广场很大、街道很宽，却只有贵族似的风景树和雕塑；樱桃愉悦着城市的眼睛和口感，但是城市没有樱桃的立足之地。樱桃只有在乡村那些小小的院落里，灿然而美丽着乡村人的日月，增色着乡村人的生活，谛听着乡村人的家长里短、犬吠鸡鸣；它甚至熟悉乡村人的梦境、乡村的每一缕炊烟。樱桃俨然是乡村人家的一分子呢。

对城市来说，真正的樱桃只能算是一种遥远的记忆，这是谁的错误？

槐花的思念

一

槐花是能让人思念的。

月色清淡，星空疏朗，忙完厨房中的一切，走到满院摇曳的树荫中，一股甜香直钻心肺，我不觉惊喜：是槐花盛开了呀！

槐花盛开了，田野便一下子变得丰盈而芬芳起来，春天像要在谢幕前凝聚全身的力量，恣意地大笑一声、柔美一下、甜蜜温柔一下，让这个世界记住它灿烂的笑意、它吐气如兰处子般的呼吸……于是，槐花开了。

于是，一些遥远的记忆便会走到眼前：老人们想到的是那些槐花救命的日子。在那些肚子总是填不饱的日子里，在乡村，谁不爱那些槐树呢？人吃了它的花，又吃了它的叶，那是救命的粮呀。在农村，房前屋后，田头地边，人们总能见到槐树的身影。乡村人重情意，在他们的心中槐树有恩于他们，他们向儿孙讲述着槐树救命的故事，让儿孙看槐树的目光也充满了敬意，他们的心中才释然，像完成了一项很庄重、很神圣的仪式的承接。这样的朴实和知恩必报的情怀是乡村人在大自然的怀抱中日夜熏陶、世代积淀而成，是印入乡村人灵魂的生命密码，是融入乡村人的血液的。

思念是掩不住的。想那城里人也会在某一个春夜想起槐花，那些城里人必是乡村的后代，生命的根在乡村，在乡村的泥土中。无论走到哪里，乡村的印记仍会刻在心灵的深处……农村的大嫂来了，她们会带上成筐成筐的槐花，驶过乡村的土路，走上城市的街头巷尾。于是，槐花的芬芳一下子就吸引了城市的眼睛……

年轻人更看重的是槐花的美味。在槐花盛开的日子里，一对情侣或小夫妻在山野中采摘槐花的情景，浪漫而又丰满。回家后，将槐花洗净，或配以腊肉蒸出一锅槐花蒸菜，或沸水焯过稍勾粉芡煎成槐花饼，或加上鸡蛋炒出喷香的槐花菜肴，均是难得之美味，又品味了亲情友谊的温馨宜人，实是难得之乐事。

二

对槐花的思念常能让人想起那些曾带给你槐花的人。

我曾经在单位的大杂院住过，大杂院也是一个容易勾起人记忆的地方。有一家父子四人也是大杂院的成员。家在农村，父亲在我们单位干临时工，拿着微薄的薪水，却要干比别人多得多的活儿，没人干的活儿都是他的，包括为单位通下水道。我叫他玉吉哥，四十多岁的人，一个人带着三个正上高、初中的孩子。妻子在乡下侍奉着年迈的双亲，打理着贫瘠的山地。

大杂院的厨房是一排低矮的机瓦房，吃饭时，每家一张小折叠桌摆在厨房门口，每家吃什么，全院的人都能看到。也有不懂事的小儿端了饭，到这家站站到那家看看，谁家有好吃的，也会主动给孩子夹到碗里，那家的大人免不了笑骂孩子“贱”，可没有一个人会在意，包括那孩子。而玉吉哥家很少在门外吃饭,即使在炎热的夏季,更多的原因应该是饭菜羞于示人。虽然生活如此,可玉吉哥却是个穷而乐善、热情向上的人。谁家有事儿,比如打煤球,他碰到了,总会帮忙。三个孩子都在青春期,看到人会羞涩地笑笑。穷人的孩子懂事早,整天好像都是静悄悄地出入,生怕搅扰了人似的。记忆中,也就是在槐花盛开的日子里,能听到他们开心的笑声。

每到槐花盛开的季节,父子四人便会在星期天回到乡下去,等他们再回来,槐花的甜香就会弥漫整个大杂院,他们会用编织袋带着满满几袋子的槐花来,有鲜的,有焯过的。焯过的倒在硕大的塑料盆、蒸馍锅里,用清水漂着摆在当院,像在自豪地展示他们的劳动成果。然后,玉吉哥会喊全院的人来拿槐花,自己动手,要什么、要多少,随你!一时,大杂院中笑语声喧。而那几日的饭桌上,每家必是少不了各色槐花的菜肴。

一直到今天,一想到那样的场景我依然激动不已。只是,随着工作的变换,后来我离开了大杂院,渐渐地与大杂院的人断了联系。但每到槐花飘香的日子里,便会不由自主地想起玉吉哥父子,不知他们现在可好。

西花园散记

南召的东、西花园村因景色迷人而得名,虽近在咫尺,但却无暇亲密接触,听人说得多了,不觉心痒,于是十一长假,跟其他两家人相约,用一天时间走入了南召县的西花园村。

西花园村位于南召与鲁山的交界处,西花园村的原村支书接待了我们,并当起了导游,带着我们走进了西花园。

辛夷是山的主角

一走入西花园,映入眼帘的是满山遍野的绿。虽然已是秋季,山下已是色彩斑斓的景象,可这里依然是无穷无尽的绿色,没有一点秋天的景象,与山下成了两重天地。偶然看到山上一树的柿子高昂着头打着鲜艳夺目的“红灯笼”,才确信:自己真的置身于秋天的山中!而眼前满目的绿色,来自一种叫辛夷的树。辛夷是一种名贵的中草药,也是一种名贵的香料。南召被国家林业部命名为“中国辛夷之乡”。据说,南召的辛夷品质好、个头大、辛夷油的含量高,是辛夷中的极品,其产量占全国总产量的40%,南召是全国最大的辛夷生产基地县。

谢支书告诉我们,西花园村有十个小组,占地约25平方公里,均为山地,每户平均有辛夷树一万株。这真是一个让人咋舌的数字。在这里的山上,很少看到其他的杂树,90%的树是辛夷。我很好奇,为什么在这里会有这么多的辛夷树呢?谢支书说,这就要说起西花园人的创业史了。

当年谢支书从部队转业回村,满心想的是如何带领老百姓富起来,也真的是赶上了好时候,刚巧十一届三中全会开过,老谢想到,山里人最终还是要靠山吃山的,而当地历来有很多辛夷树,老百姓从辛夷树上每年都能收几个活钱,想到此便灵机一动,带领老百姓开始在山上种辛夷树了。创业总是艰苦的,有些村民受不了,不听老谢的话,老谢说:我是支书,不听也得听。几年过后辛夷成了"绿色银行",在辛夷价格火爆的年月,就连山里上学的娃子,利用放学的间隙,摘一捧辛夷带到学校旁的小卖部里,也能换到十元八元,老百姓这才服了。以后不用督促,村民都爱树如命,还自觉进行树木品种的改良。到现在,这里的人不种粮食,收入的绝大部分靠的是辛夷。而树下,勤劳的山里人又种上香菇和天麻,实现了资源的综合开发和利用,穷山沟成了聚宝盆。

这里没有闲人

走入西花园,我能感觉到民风的淳朴,也能感受到身边瘦小精干的支书在村民们心中受尊重的程度。无论碰到男女老少,人们都亲热地跟我们打招呼:回来了?让你的心暖洋洋的。在家门口附近碰到的一定会说:回来歇歇脚,喝杯茶吧。像对自己家人一样随和。入谷口时,碰到一位白发老人,他也这样留我们,谢支书说:等会儿回来喝吧。等我们回来又路过时,老人竟真的在路边等着呢。支书说:天晚了,赶着下山,不喝茶了。老人遗憾地说:我刚烧了新茶呀!我们只好说:下次吧，下次来，一定去你家喝茶。

在整个上午，我都纳闷：好像我们路过的村庄，只听狗吠，很少见到人。我将这一疑问提出来时，支书说：你要上谁家，要头天提前打电话才行，要不然去了准扑空。他介绍说，这个季节辛夷正成熟，人们都上山摘辛夷去了，再过几天，下了霜，还得从山外雇人摘辛夷呢。总不能看着自家的“钱”烂在山上吧。在这里没有人打扑克、玩麻将、喝闲酒。你看看，这山上到处都是宝，只要有时间、有精力，遍地是金。人闲生是非，正因为不闲，这里的人很好，也没有出过小偷。人们很重视教育，村里的孩子，大都送到山外上学了。这里的人有钱，也很爽气，过个春节不说别的，每家最少要杀两头猪呢。

下午，支书的话便得到了验证。我们在西花园背韭沟找茶喝，找了几家都是铁将军把门，最后终于找到一家有人，女主人走出来热情地唤我们进屋。一走入小院给我们的感觉就不像在农村，房子是平房，但屋内铺着地板砖，整洁明亮。支书介绍说这家姓刘，家中开有农家乐。问她当家的，女主人说上山了。听说她家开农家乐，我特意到厨房看了看，厨房很大，两间房，一样地贴着瓷砖，所有的厨具摆得规规矩矩，整齐得让人吃惊。坐下喝着茶，了解到：这一家兄弟 4 人，共 23 口人，而学生就有 13 人在外。这让我们同行的所有人惊讶于他们对教育的重视程度。喝着茶，好客的女主人又掀开了蒸馍锅，为我们端上了热气腾腾的馍，是当地人叫杠子的一种馍，带着山里人的豪气，超大！我们一行大小 9 人，每人都吃，却只分了一个馍，我随口问了句：你家春节杀了几头猪呀？女主人说：不多，才三头。

黄昏的时候从山上下来，竟意外地碰到了挎着篮子刚从山上摘完香菇的刘家女主人。想来，我们前脚走，她后脚就上了山。她热情地将刚从山上摘的野猕猴桃往我们包里装。在夕阳里挥手向她告别时，我不觉对山里人产生了敬意。

生命的伟大

在山中,谢支书带着我们看了有名的几株辛夷王,其中一株据科学家考证,树龄已达千年,已列入国家名贵树木保护名册。而这株四五人合围方能抱住的辛夷王,据说十年前差一点被南方人掏十万元买走,后来县里听说了,由县政府出面才得以保全。只可惜,周身的树枝已被锯掉了许多,否则那应该是难以形容的伟岸了。而让我赞叹的,还是有着四百年树龄的玉兰王。

玉兰王的奇,是它长在一块足有三间房子大小的巨石上,它好像不是一株树,而是神话中沉香手中的神斧,将巨石生生地从中间劈开,树根深深地扎在泥土里,在巨石的四周还隐约可见它盘根错节的根系,可见它的根系比巨石的面积还要大。我不能想象,一粒小小的种子是怎样完成这一巨大的工程的,将根牢牢地植入大地,将巨石一线一线、一点一点地撕裂,最后在阳光下自由地歌唱,向蓝天挥舞着手臂,像要在蓝天上写下自己的誓言……那是怎样的豪情!生命该是多么伟大呀!

三百年的小树、二百年的大树

当谢支书告诉我们说,他要带我们去看三百年的小树、二百年的大树时,同行的两个初中的孩子快人快语,脱口而出:你说颠倒了吧?支书笑了:你一看就知道了。

在半山腰,谢支书指给我们看一棵树。这是一株栎树,上前抱了抱,有一搂多。支书说,这棵树的树龄是二百年左右。然后我们继续往上走。山上的路越来越难走,有些地方要上面的人援手,出了一身的汗才爬上山顶。一望才知道,这座山是当地的最高点,环视四方真是一览众山小。这时支书也上来了，指着在大家身后不远处一块大石头上长的一棵柏树说：这就是三百年的小树了。尽管大家一个个腿软心慌，可还是艰难地爬上了身后的巨石要一探究竟。原来这株柏树也是长在石缝中，与玉兰王不同的是，玉兰王的根毕竟还能扎在泥土中，而这株柏树长在最高峰，是不可能将根扎入泥土中的，它是真正的石缝中求生存。我上前量了量，它比半山腰中的树年长了一百岁，可它却只有三把粗，比那栎树小得太多了。大家纷纷猜测：它一定是一只飞鸟丢下的一粒种子，刚好下了一场雨，刚巧这里有一撮土，于是它就顽强地活了下来。迎着风雨，冒着霜剑，以鸟瞰大地、俯视群山的姿态生长着，长成一道风景、一帧图画、一个誓言，这是一种怎样的豪迈和骄傲……走在山里，你常常会被这种生命的坚强和伟大震撼着、感动着，而这也正是山的一部分，是山的精神、山的魂魄！

就要离开西花园了，一天的行程是很短暂的，我们眼中所看到的，只是山的很小一部分。但是就是这匆匆的一瞥，却使我明白了，从此我的视线将再也离不开这块土地了。临走时，文化程度不高的谢支书给我们讲了他写家乡的一首诗，坐在车中我还在久久地品味：

花椒帽子板栗衫，
辛夷裤子连脚穿。
药菌林果齐上马，
荒山变成金银山。
请问仙家何处富，
赵公遥指西花园。
玉皇王母商女事，
去到花园定姻缘。

梦里凤凰

因为多情而纯真的湘妹子翠翠,凤凰便留在了我的记忆里;又因为看过那么多有关凤凰的美丽文字,凤凰便愈加在我的心中梦一般地诗意而神秘……金秋时节,一个机缘终于来临,可是我的腿骨伤未愈,犹豫再三,最终还是对凤凰的梦想情结占了上风,我踏上了旅途。

又因为凤凰只是我们行程的最后一站,沿途我一直心猿意马,及至去凤凰的前一晚上,我彻夜未眠,竟像是要去赴一次心上人的约会……到达凤凰已是夜色深沉的晚上,一放下行李,我们就走上了凤凰街头。

夜晚的凤凰,是灯的海洋,人的海洋,欢乐的海洋。沱江两岸像小鸟展翅飞翔一样的飞檐小楼依江而立,处处是喜气洋洋的大红灯笼;极富湘西特色的青石条铺就的石街上,店铺林立,精美的苗家银饰、蜡染、土布工艺品琳琅满目,游人如织;沱江中的虹桥,被五彩缤纷的彩灯装扮得流光溢彩;不时有音乐和歌声从两岸的酒吧、吊脚楼中飘出,在江面上打个旋,再曼妙地融入夜色中,凤凰的夜便更加多彩而温柔;灯影、歌声、月色映入江中如梦如幻、美轮美奂,让人如临仙境。在凤凰最热闹的地段觅得一临河的饭店落座,朋友们还特意买来了当地的特产“女儿红”来佐兴，红而不艳的酒色，真的让人生出一分对女儿的怜爱，只想静静地观赏舍不得品咂，浅浅一口，豪情和诗意顿生，远远地看到山中彩灯照耀的塔尖像极了升起的月亮，好想举杯相邀……

第二天早上，因为想看到导游描绘的烟雨凤凰，便早早起床走出宾馆。清早的凤凰与夜晚的凤凰截然不同，一弯碧波，显得那样安详而清丽，如果不是两岸吊脚楼上一串串的大红灯笼依旧，让人难以置信昨晚的繁华绮丽与凤凰有关。那个早晨，凤凰没有雾岚。但是，江边早已有了浣洗的姑娘和少妇，清脆的棒槌声让凤凰质朴而明媚，亲切而温暖，这一刻，站在沱江岸边我竟想起了家乡的黄鸭河，这声音曾经伴着我整个童年和少年时光，转眼间，却已有近三十年未闻……正遐想间，一阵山歌响起，清凌凌的，富有磁性，直达心间，让人欣喜。循声望去，一个小伙子手做喇叭状对着这山这水一路放歌迎面而来，近了看到小伙子戴着眼镜，竟是一脸的文弱，不禁莞尔。

吃过早饭，导游便带我们参观“凤凰九景”，包括我心仪的沈从文的故居和珍藏有黄永玉真迹的万寿宫。一个上午参观九景，可想我们是如何的匆匆，本想不随团，但导游再三强调纪律，自己又没有方位感，丢了事小，让整个团队受拖累那可不好，只好被导游绑架般从一个地方飞奔另一个地方。虽是行色匆匆，我的感受却很深切：凤凰地处湘西崇山峻岭之中，人杰地灵、人文鼎盛。虽拥山水灵秀，却是因人而名，这正应了凤凰旅游宣传册上的那句话：“了解凤凰，从沈从文的故居开始。”可以说，世人认识凤凰，大多是因为有着“世界乡土文学之父”美誉的沈从文先生，而丰富凤凰内涵的是一代宗师黄永玉、大国学家陈寅恪、诗坛泰斗陈三立、民国国务总理熊希龄等名师大家。一个两小时可绕城一周的边城，能走出这么多令世人景仰的大家，真是一片神奇而令人向往的土地！当地人也深以这些大家名师而自豪和骄傲，凤凰“最美十一景”，名人故居祠堂就占了六景，足见其崇敬之情。我不得不承认，这一点凤凰人做得比南阳人好！凤凰的山水有灵，所以在沈从文的笔下，家乡从来都是水气盈盈、柔美多情的；而在黄永玉的笔下，故乡的飞檐白墙、荷叶田田的画意才永远地春意盎然、清新可人，而他一往情深的咏唱“我的心，只有我的心，亲爱的故乡，它是您的”，更让人对凤凰心驰神往。凤凰的山水有幸，养育了这么多畅游天地、彪炳史册的天赋奇才。“人生朝露，文学千秋。”正是这些大师的文学艺术作品让凤凰、翠翠永远地鲜活而生动。

不到24小时的凤凰之行，匆匆一瞥，只是和凤凰打了个招呼问声好，我还没有真正认识和了解凤凰。我心中的凤凰之旅，应该是独自一人或偕二三友人，驾一叶小舟漂过沱江，在石砌的码头上岸，从沈从文的故居出发，去追寻他的足迹和心灵的轨迹，看翠翠们的后代是如何诗意地栖居在这湘西的秀水灵山；或是从凤凰北门溯河而上，经过散落而讲究的苗寨，穿过梦境般摇曳多姿的竹林，跨过“堤溪”，越过“跳岩”，到黄永玉曾经写生的“总兵营”大山里去放飞心灵；或者到陈氏一门五杰的小院中去感悟历史的律动和生命的伟岸……那应该是一次探寻文化之旅，是对这些大师的景仰之旅，是飞越时空与先贤对话的精神之旅。

当下有一种流行说法，说旅行是从自己待腻的地方到别人待腻的地方。我不敢恭维。在我看来，真正的旅行是要实现心境的一种转换，是要拨开滚滚红尘，寻求心灵与自然、宇宙的对话和契合，是净化心灵、寻求心的开悟与思想的飞升，是愉悦身心的文化体验。而凤凰之旅，无疑应该是这样的旅行，那么，让我和凤凰相约：来日，我们再见！

第三辑　生命的港湾

外婆，您好

外婆已离开我14年了。14年，五千多个日日夜夜呀，我的目光不能穿透苍穹，不能横越茫茫宇宙，不能到达您所在的地方，那么，那南来北往的雁，那一刻也不愿安分、常常在我梦的边缘偷窥和嬉笑的风，是否能够将我的思念捎给您呢？它们是否有缘拜谒您慈祥的笑颜呢？

心灵总有一角不愿让人分享、不愿让人窥视，甚至我自己都不能走近，一走近，我就不知身在何处、情难自禁，一走近我就会被情感的汹涌波涛所淹没……虽然，我知道这个时候，您一定慈爱地在哪个角落里看着，甚至还会像我小时候跑快了，您扎煞着两只手，慌得扭着腰肢紧步撵着护卫上来，嘴里一个劲地说：慢点，慢点，绊倒了，一哭又要生病了……

当五千多个日夜渐失，我终于觉得我可以走近那个角落，打开岁月尘封的盖子，向我的儿子、向所有的人讲述您的时候，我的泪依然迷蒙了双眼……这时候，我才知道，有些人、有些事也许一生都不该与人分享。她活在你心灵的最深处，你没有向她说过一句"我爱您"，但她却是你最爱的。也许说起她，没有一个完整的故事，都是些琐碎而平凡的瞬间、片段，但它们却在你生活的星空中熠熠生辉，闪着永恒、温暖而灿烂的光芒;也许你根本不知道该说起她的什么,但是她的一个眼神、一个笑容又都深深地印在你的脑海里……

外婆就是我心中那个温暖神圣的角落。

外婆是个童养媳,一生养育了五个子女,四个男孩,一个女孩。当童养媳的都是家中穷把女儿送给人家,为的是少一张嘴,饥荒年间家中还能多少换点粮食,跟送出个阿猫阿狗区别不大。小的时候是人家的丫头、佣人,大了圆房,做小媳妇,这样的媳妇在婆家自然是没有地位的,婆婆、丈夫包括叔伯稍有一言不合,谁都可以打骂她。印象最深的是外婆讲过的一则有关童养媳的真实故事。那是外婆邻村一个比外婆大三岁的童养媳,碰上了一个恶婆婆。恶婆婆虐待童养媳,童养媳身上总是被打得青一块紫一块,16 岁那年圆了房,小丈夫 17,却也知道心疼妻子。恰逢年成(饥荒年),眼看家中过不去,小丈夫只好去当兵,临走前对妈妈说:我去当兵吃军粮,省下的粮食你留给杨妮(童养媳)吃点,给她条活路吧,好歹也是条人命。小丈夫一走,婆婆把所有的气都撒在童养媳身上,说为这小贱人自己没了儿,将媳妇绑在床腿上,半夜醒来就用棍打儿媳妇的下体,白天解开绳子逼着她该干啥活干啥活,折磨得儿媳妇几乎走不成路,离老远都能闻到身上的臭肉味,怕儿媳妇将实情向外人泄露,恶婆婆用缝衣针将其嘴巴缝得只留一个缝,能插进竹管吸一些流质食物,最终将其活活折磨死。

外婆很幸运,没有遇上这样的恶婆婆,所以外婆活了下来。但外婆也有两次差点死掉。外婆虽然生在那个女人不能算人的社会里,但却天生很有尊严。外婆的性格刚硬,恩怨分明,勤勉忠厚,很少张口求人,这使她在妯娌几个中干活最多,挨打挨骂也最多。外婆的婆婆很少打人,心中不如意总是调唆儿子打人,别人挨了打就学乖了,可外婆不,她被别人称作“死挨打”“打不怕”,有两次曾被打得昏死过去,可她依然很倔强,这性格,在她的子孙后代身上包括我的身上都有很大的遗传成分在。外婆对外公感情并不深,外公去世较早,听妈妈偶尔提起外公，让外婆听到了，她就会说：提他干啥？他早该死了。由此可见，他打外婆的时候肯定也没心疼过。也正因为此，后来外公吸大烟，家道败落时，外婆的婆婆坚持要把妈妈送出去当童养媳，说：女娃子，赔钱货，早点送出去省事。外婆竟以死相抗，才免去了妈妈走她的老路，更重要的是多亏了新中国的成立，否则以一个弱女子的力量与一种社会制度或习俗相对抗，无异于蚍蜉撼树。

外婆为人善良，谁家有难张开口，外婆没多的有少的，总会帮人家。遇见要饭的，外婆更是一定要打发的。

外婆是缠过小脚的。隔一段时间，外婆就会用热水将小脚泡过，坐在阳光下，眯着眼睛，用剪子或小刀割去脚下厚厚的茧子，除了大拇脚指头，其余的脚趾好像被人从脚趾根扭断趴向脚底，那是一双畸形的脚。每到这时，我总心疼地问她：很疼吧？外婆一边依旧眯着眼修她的脚，一边笑着回答我：现在不疼了，缠脚的时候可疼着哩。你们现在多享福，跑呀闹呀，要在旧社会像你这么大该缠脚了，让你跑去？旧社会的女人谁把你当人了？唉……外婆一年四季总是穿着带大襟的上衣，现在已看不到这样的装束了。而她的腿永远是打着绑腿的，四指宽长长的黑布从脚腰一圈圈缠起，一直缠到小腿上，裤腿总是塞到绑腿布里，这让外婆看起来总是有些头重脚轻、细脚伶仃地可笑。

我从小体质弱、多病，外婆曾拿我的八字求人算过，人家说我长不成人，活不过 16 岁。为这，我一生病外婆就暗暗落泪。又因为长年和外婆同床，外婆对我相当偏爱，而我有什么好吃的头一个想到的也必是外婆，哪怕是一个糖，也总要作势让外婆先尝一口自己才吃，外婆便老夸我懂事、孝顺，而她对我的偏爱也到了非常执拗的地步。姐妹之间发生小矛盾，外婆永远站在我的一边，我一哭，妈妈就要挨训：你看你，又惹她哭，她哭出病，又该打针吃药了。那感觉我就像春节小贩卖的玻璃喇叭，一吹响就会碎。我一生病，更是人人都要负责了。“你们又把她鼓憋生病了吧，你们都称心了吧，都如意了吧……”外婆就像是我的守护神，竭尽全力卫护着我，不让一丝的阴雨打湿我童年的晴空。好多年后，当我面对生活中的风风雨雨感到疲惫和无助的时候，我总会想起外婆，便会想：上帝是公平的，也许我小的时候被外婆呵护太多、偏爱太多，所以上帝罚我失去外婆的守护后，在以后的人生中要忍受比别人更多的挫折和艰辛。

也许是外婆的爱心和诚心感动了上苍，被断言活不过16岁的我，坚强地活了下来，而被确诊的先天性心脏病也不知何时消失了，而且，我还幸福地嫁人了。

我结婚后，外婆曾特意赶到我家“视察”了一番，中午吃了一顿饭就非要回家，怎么留也留不住，后来她告诉我：我去你家看看，婆婆公公很善良，我就放心了。我老了，上厕所啥的都不方便，住你那里，万一夜里来不及上厕所，不让你家人小看你了吗？无论我怎么说，甚至搬出丈夫去解说，她以后再也没有来过我家。

外婆知道我爱吃豆包馍。我结婚后，每逢春节，外婆都要嘱咐几遍：多蒸点豆包馍，小丽爱吃呢，记住给她留点。唯恐爸爸妈妈忘了。那时外婆已近八十高龄，但精神很好，笃信天主教，每周定期还要跑到教徒家聚会，一天做得最多的事是祈祷。除了耳朵有点背，一双大眼如孩子般清澈明亮，还能纫针做针线活。外婆一切生活自理，自己做饭，她说：我现在还行，活动不了的时候你们再管吧。偶尔自己还蒸点肉包子，给邻近的舅舅家、姐姐家送。有一次我听妈说，她劝外婆别再送了，怕她做得不干净。我便很替外婆难过：不该将这话跟外婆说透的，她一定心里很不好受，实话有时会像利剑一样伤人。对于像外婆这样饱经沧桑的垂暮老人，儿孙最大的孝顺是令她生活得快意和舒心呀！

1993年2月，我有了儿子，妈妈告诉我，我在医院生产时，外婆一直跪在自己的床前为我祈祷。知道我顺利产下一子，外婆便高兴地对妈说：我要跟你们一起去送米面，我要看看小丽，看看我的重外孙。然后便张罗着上街喜滋滋地一趟一趟地买红糖、喜蛋(买回鸡蛋,自己用红纸剪花贴在鸡蛋一端,称为喜蛋),妈说:你不用准备,我都准备好了。可外婆说:你们是你们的,这是我的心意。按习俗,我生产 17 天后娘家送米面,可在送米面的前一天,外婆生病了,腹疼如绞,送医院一检查是胃穿孔,必须做手术,外婆还念念不忘给我送米面的事,对妈说:看来我去不成了,我准备的东西你们可一定给小丽送去呀。外婆手术后第三天病情恶化,但人还清醒,便交代一定要回老家的老宅,妈妈舅舅只好遵从她的意愿送她回老家,到家第三天外婆就仙逝了,享年 89 岁。因为我正在月子中,外婆的死讯都瞒着我,直到我双满月回家,才得知这一噩耗,我没能见上外婆最后一面。

细细想来,外婆竟没有用过我的一根线,没有花过我的一分钱,我也没有用心照料过她一天……多少次想起,我都锥心地痛悔,子欲孝而能孝时,亲人已不在,老天竟是这样捉弄人……

不知道外婆叫什么,只知道她随夫姓,我小时候常听人叫她“文家的”,好像这就是她的名字似的,现在想来很奇怪:我怎么就没有问过她叫什么名字呢?

陪母亲逛街

母亲节前我给妹妹打电话,因为忽然想到买点礼物拿回家对母亲来说似乎意义并不大,姐姐那几天正忙着迎接什么检查,便想让妹妹一起陪母亲逛一次街,妹妹当即便答应了。

母亲节前一天是双休日,吃过早饭我就回了娘家,远远地看到76岁的母亲正在家门口的菜地上忙活着什么,一问才知道,她正在菜地栽种辣椒苗,只缺浇水了。我说:“我替你浇菜,你赶快回去换衣服,我想让你陪我逛街。”妈有点吃惊:“你今天有空儿?”我说:“有空儿。”妈没再说啥回去换衣服了。妹妹很快也带着上初中的外甥女到了家里,我浇完菜,妈换了衣服,走出家门已是9点多了,妈走着还说:“我知道又是想给我买衣服,我可不要。”我哄她:“我们俩要买,你当参谋。”妈嘟囔着:“我能不知道你的心思?”但兴致蛮高。

妈患风湿腿疼多年,所以近几年日常活动的范围很小,说是逛街,还真不敢让她和我们一起遛腿,于是和妹妹商定了去店铺集中又不用上下台阶的电影院附近,我们便雇了一辆出租车直奔目的地。

在第一个商铺,我一看没有适合老年人的衣服,便让她坐在店门口的椅子上,我和妹妹试穿衣服,每试穿一件我俩总是直接跑到妈的面前，征询她的意见。连试数件，结果她都说“好看”，我说：“好看也不能都买呀，到底是衣服好看还是你闺女好看？还是你闺女穿啥都好看？”妈开心得笑成了菊花，她的眼睛充满了慈爱的温暖，也许在那一刻，她的眼里这世界上就只有她的闺女吧。那一刻，我觉得自己的一言一行都带着撒娇的味道，也深切地体会到，在母亲面前，我永远都是长不老的闺女。

第二个店铺一进去我就相中一款老年人穿的上衣，让妈试，她不试，坚持说她不买衣服，我说：“你试试嘛，又不要钱，让我们也欣赏欣赏。”她这才试了，我将她推到试衣镜前说：“你看多洋气的老太太呀，这衣服咱要了。”妈看看镜中的自己，没再坚持不要，谁知店主一报价格，她又不干了：“不要，不要，赶快还她。”我一边对店主说“你这价格也太离谱了，你看老太太都不让要了”，示意妹妹留下和店主交易，一边搀扶着母亲离开。

在第三家店看到一件金丝绒衣服很漂亮，但是母亲坚决拒绝再试穿了，我只好自己试了，让她看，最后半强制性地让她试穿，也很合适。鉴于第一次的教训，我悄悄给店家教了曲儿，果然妹妹掏钱时，妈问：“多少钱？”店家朗声而应：“不贵，才几十块钱。”店家只说了零头，没说整数，妈才没再吭声。

在另外一家店，我看中了一款马甲，我说：“这个一早一晚、春末秋初都能穿，样式也好，这个好。”妈看了，应该也满意，却说：“咱把刚才那件上衣退了，换成这个马甲行不行？”这思维像个孩子，我笑了：“好，好，先试试再说。”她这次很顺从地试了衣服，挑好了款式，然后我搀她离开，妹妹交易，而外甥女则负责拿东西。

逛街的过程实际上是个寻找、发现、收获的过程，喜欢不喜欢我说了算，爱不爱我做主，所以逛街买不买东西当在其次，逛街的最得意之处当是女人能够完全自主地选择自己的所爱。女人鲜有不爱逛街的，而细细想想我已经有多年没有陪母亲逛街了。

一直到中午 11 点多，在内衣店为母亲挑选了一件睡袍，这次陪母亲逛街才算大功告成，连哄带骗共为母亲买了 5 件衣服，而妹妹和我也满载而归。事实上，即便没有买衣服，能陪母亲，让她开心，就是最大、最好的收获，更何况，我还在这个过程中找回了一种久违的亲切和感动，有了全新的情感体验呢！

婆婆的事业

双休日,为了缝被子,我到几个超市去买针和线,皆无所获,只好向邻居嫂子借,嫂子说:“你还会装被子呀,现在会干这个的人可不多了!”这让我想起了我的婆婆。我的手艺不精,是结婚后才跟婆婆学的。

婆婆是个农村妇女,大字不识一个,养育儿女五个。婆婆给我最初的印象是勤劳、爱整洁。第一次去丈夫家恰逢婆婆在拆洗被褥,那时洗衣机并不普及,婆婆在一个硕大的水泥池中将被面被里打上肥皂,抡起棒槌细细地捶打浆洗,特别让我惊讶的是对那些有顽固污渍的白被里,她再用一些小肥皂头泡在水里和被里一起放在煤火炉上煮,这样处理后的被里洁白如新。这一个细节让我看到了婆婆的智慧和爱心,我想,有这样一位对生活对家怀有赤诚爱心、注重生活质量的母亲,在这样温暖的家中成长起来的人,他也一定是一个充满爱心、宽厚而令人温暖的人。事实上也确乎如此,丈夫兄妹五人,无论个人境遇如何,都很阳光,在乡邻间口碑甚好,这与婆婆的言传身教有关。

在婆婆的眼中,装被子是有讲究的。年年 4 月份是装被子的最佳季节,早了被子还要用,晚了天太热,装被子时大汗淋漓不相宜。再比如,阴历五月不能拆被子,有五零十散之虞……通过装被子我也领略了她的智慧和才华。她不像很多人家那样将棉花加工成棉套来装被子,她总是挑选上好的棉花弹得松松软软的,然后一层层地在被里上铺得平平整整,最后再用丝棉在上下两面上薄薄地罩上一层,这样装出的被子又轻又软还能防止棉花滚……

婆婆做针线活儿又快又好,远近出名,再加上婆婆儿女双全是当地俗称的"全唤人",谁家有儿女婚嫁的喜事,都会叫婆婆去装被子,婆婆也从来是有请必到,而且也总是喜滋滋的。在家乡,婚嫁的双方家长都要为新人准备被褥,好像父辈对新人白首偕老的祝福都凝结在这件事上了,要将儿女一辈子用的被子都准备好。

数量上讲究的是双数,一般家庭要准备四双,体面的准备八双十双的都有。结婚那一日拉嫁妆的车上,被子要高高地叠起来放在最显眼的位置,人们一看就可判断出娘家人的经济状况和对待婚事的态度。装结婚的被子讲究更多,什么都是新的,装被子的人要用"全唤人",细致的人家还要请人算算八字和新人是否相冲,用来装被子的线必是大红的,每双被子要装几斤棉花都有定数;被面被里肯定也是新的,也肯定是一趟一趟不厌其烦地跑百货店,最后才将最中意的买回家的。最好的被面是缎面的,有丝的高贵和柔滑,被面上的图案必定是成双成对的鸳鸯戏水,或喜上梅梢,或龙凤呈祥配以富贵的牡丹、高洁的菊花、昂扬向上的喇叭花……年轻时看了总觉得大红大绿俗得很,随着年事渐长,这几年才悟到:中国最传统的东西是最美、最动人的,因为里边承载着人们最美好、最诚挚的祝愿……记得我结婚时还流行送缎面做贺礼,现在都是送人民币,给新人准备的被子多是超市里价格不菲的羽绒被、丝棉被、太空被,也很少有人再给新人装被子了。但我总觉得中国传统的仪程,自有它的庄重和值得敬畏之处,少了那些仪程便少了许多值得珍视的记忆。

随着儿女一个个飞出家门,婆婆每年拆、洗、缝被子的任务小得多了，再加上孙子外孙都大了，再也不需要她做这做那了……这几年婆婆竟又迷上了做鞋垫，我回家见得最多的镜头是婆婆在暖阳下或树荫下，老黄狗懒懒地卧在她的脚边，还有做针线活儿的笸箩也放在脚边，戴着老花眼镜在一针一线地纳鞋垫……婆婆做的鞋垫都是绣花或绣字的，给儿子孙子绣的大部分是字，她不识字，就让丈夫写了"一生平安""步步高升""万事如意"等字样，她再一笔一画描到鞋垫样上。给儿媳妇和女儿绣的是生动的梅花等，艳红的盛开的花朵、含苞的花蕾配上绿莹莹的叶和茎，怎么看都是大手笔的作品，哪里像是出自农村老太太之手？

丈夫有三个弟和妹在省城，离家远，婆婆不仅将孙子外孙现在能用的绣了，还估算着脚长的速度，将数年之后的鞋垫子都做好了。怕累着她，弟弟们每次回来面对着一摞一摞的鞋垫子都要数落她："街上一元钱一双，穿一次就扔了，你费这神干啥？"婆婆也总说："累不着我，街上卖的肯定没我做的结实。"是呀，那街上卖的怎能和一个母亲一针一线密密缝的相提并论呢？更何况那一针一线中有母亲最赤诚的愿心和祝福……

大弟有病那几年她多次去省城照顾，有一次在街上被人拦到，说她的儿女有灾星，要她将身上的现金和首饰交给人家，人家做法可以去灾，将她的钱和首饰骗得精光。而大弟最终还是走了。去年，在家乡走在街上，她被一个年轻人拦到，说是小弟的同学，言说自己刚有了儿子，脸上有胎记，要用戴过的金首饰擦擦去胎记，结果婆婆的金首饰又被骗了个精光。在一个母亲的心中，有什么能比消去儿女的灾更重要呢？又有谁能比儿女的朋友更让老人笃信呢？她被骗是因为她心中有对儿女无私的爱，有比海深的牵挂和亲情在。有情的人是心底最柔软的人，情到深处人多痴呀……

婆婆今年七十有七，身体大不如前，但是对儿女的牵挂却一分也没有减。春天原野上各种花花草草，婆婆也不知都从哪里搞来的，今天打电话让回家拿榆钱蒸吃，明天让拿槐花做饼，后天让拿荠菜……我想，在婆婆的心中，关心爱护好儿女和这个家是她今生最重要也是唯一的事业，这也许是天下所有母亲的伟岸之所在。

祝愿婆婆和天下所有的母亲健康长寿、安享晚年！

你给父母洗过脚吗

国庆节前和南阳市检察院的几个朋友在一起吃饭,也许是要过节,快要和家人团圆的缘故吧,大家在席间竟不约而同地谈到了自己的家人和父母,好像是在一瞬间打开了通往心灵的一扇门……听着市院政治部唐荣军主任谈到父亲去世后他的悲怆和愧疚,在母亲身边的安然,为母亲洗脚、剪指甲的幸福感,陪着母亲驾车跨越秦岭的自豪和满足……我心里忽然就湿润了起来,我知道自己被深深地感动了,被一个中年男人对母亲的挚爱纯孝所打动。我也忽然想起了那句话:有父母在,可以尽孝,该是多么幸福的事情呀！在这一刻我对这句话有了更深刻的理解。

这也让我想起了自己。痴长三十多年,还是大前年母亲在我家住时,因卫生间装修,我才陪母亲去澡堂洗了一次澡。在澡堂里看到脱下了衣服的妈妈,我心中的震撼是无以言表的。曾经丰满而光洁的皮肤,像随意扔在地上的面袋,松弛而褶皱着;腰像深秋的高粱弯曲得更厉害了;母亲像一个胆小的孩子,进浴室的门时要小心地扶着墙;她向服务员要了一只凳子,从卫生的角度考虑,我急忙出面阻止,可妈妈说她不能站着洗,怕晕倒。我才恍然为什么常会在浴室看到这种湿漉漉黑乎乎的凳子,原来它们竟是为年迈如母亲的老人所特备。

我记不清自己有多少年没有和母亲一起洗澡了,和母亲一起洗澡的记忆竟好像还停留在儿时。那时母亲天使般美丽灿烂,而我则是母亲怀里需要细心关照,生怕磕了碰了水呛着了的孩子。这之后,少年的我因为青春期的羞涩,不愿意和母亲一起洗澡。然后是成家,一心照看小儿……细细想来虽已是人到中年,我竟没有陪母亲洗过一次澡!而母亲已是如此的苍老……

"小丽,给我搓搓背吧,我的胳膊痛得背不过来了。"母亲唤着我的小名。为母亲搓着背,我问她:"要是我们不跟你来,你咋搓背呢?"我知道向来勤俭的母亲是决计不会掏钱让洗澡工给搓背的。"我就用毛巾上下拉呗。可手也没劲了,老拉不住。"我的眼泪一下子就出来了。"你以后就让搓背的给你搓吧,别心疼那几块钱,没钱我给你。""不是钱的事,躺着让人摆布,多难看。"我知道她还是心疼那几元钱,我也自责:怎么从来就没有想到母亲已是到了看病、洗澡、逛街都应该有人陪的年龄了?!

作为母亲,无论有几个孩子,她对每个孩子说的第一句话、人生迈开的第一步都记得那样清晰,在这方面,母亲们都是天才。可是做人子的却很少有人知道母亲的第一根白发是什么时候上了头、母亲的脸上什么时候有了第一道鱼尾纹,好像母亲很久以来就是这个样子了,又好像她不该苍老得这么快。多么糊涂大意的子女呀!

所幸的是,父母尚健在。

人之可悲常常是对身边最基本的道理明白得太晚,醒来得太迟。在年轻时,常常会忽略了身边父母灼热渴望的双眼;只有当自己也为人父母,历经了生活中的种种不幸、欺诈和磨难后,才发现原来自己的力量,都来自父母这座无怨无悔不计任何回报默默地为自己奉献的大山,他们才是自己人生的真正支点。无论自己飞得多高多远,那根不让自己做浮萍游魂、不让自己无依无靠的线,还紧紧地握在父母的手里边。可是人生从来都是单程，不可能让你去演练，很多人便有了“子欲养而亲不待”的终身遗憾。读梁晓声的书，有几句话让我泪如泉涌：“我是根本不相信另一个世界之存在的，但有时也孩子气地想倘若有冥间，那么岂不就省了投胎转世的麻烦，直接又可以去做父母的儿子了吗？在我们这个阳世没尽到的孝，我就有机会在阴间弥补遗憾了。”一次回首，一片泪海；一个回眸，一地伤心。这是怎样的无奈和悲情？

趁父母在，请珍视你的幸福吧，为父母多尽一点孝。

其实真的很简单，从为父母洗一次脚开始吧。

鸭蛋黄的爱情

有专职做家庭主妇的婆婆的照料和牺牲，我的老公在结婚前可谓标准的衣来伸手，饭来张口。婚后，我接替了婆婆照顾他，他依旧是一副不食人间烟火的样子。如果我不给他买袜子，他宁愿穿着张嘴的袜子到处跑，也想不到自己该去买一双。对自己尚且如此，对别人可想而知。

有了儿子之后，丈夫似乎渐渐从育儿的艰辛中悟出了自己的责任，知道了生活需要从柴米油盐这些最琐碎的事情做起，而亲人之间的爱也应该是体现在生活中的点点滴滴的，居然有了翻天覆地的变化。出差回来，老公也学着往家里买东西了。一次去省城，竟开天辟地一下子给我买了两套衣服，只可惜一件也穿不成，让我心疼了好久。这以后衣服是不敢买了，但是却总忘不了买些水果之类的。等儿子稍长，又改为买书，这次好像找准了方向，能满足我和儿子的共同需求，也养成了儿子在大人出差时不要吃穿只要书的习惯，偶尔没有买书回来儿子便很是有点失望呢！

丈夫喜欢吃咸鸭蛋，而我则不喜，偶尔为之，也只吃蛋黄。鸭蛋不经炮制有一种腥味，将其滚上黄土泥巴腌制后，则腥味尽除。咸鸭蛋腌到煮熟后里边的蛋黄鲜红鲜红的并且流红油时最好吃,吃起来沙棱棱,咸香宜人,滑嫩清爽。而且,红红的蛋黄和细白的蛋白相映,美不胜收。当然蛋黄并不都是红的,有的蛋黄颜色是黄的,有的略带青色,为什么一样是鸭子,蛋黄却不同呢?婆婆告诉我:那是因为鸭子吃的饲料不同。在河中自由放养的鸭子,吃活的小鱼小虾,吃蚯蚓,吃河中的柞草,蛋黄就是红的且营养丰富;而圈养的鸭以吃人工配制的饲料为主,蛋黄就不会发红。婆婆是个勤劳的人,过去年年都要喂几只鸭子,门前有一条小河,鸭子在河中吃饱了,嬉戏够了,就会跑回家产蛋,不用掏钱买,一年四季家中都有咸鸭蛋吃。后来居民渐多,挤占了河道,小河成了垃圾场,婆婆便不再养鸭了。丈夫爱吃咸鸭蛋,只好改从市场上买鸭蛋来腌制,便很少见有红的鸭蛋黄了,这不能不说有一点遗憾。而不会腌咸蛋的我,也因为丈夫的这一爱好,多学了一门手艺——腌制咸蛋。

儿子一天天长大,口味居然和老公相近,也喜欢吃咸鸭蛋,只是他也只吃蛋黄,一顿饭能吃四五个咸鸭蛋黄。刚开始是欢喜:一向胃口不佳的他在吃上也有爱好!等到意识到这是个毛病时,已是积习难改。被吵的次数多了,他就消极对抗,要么不吃,要么只吃一个咸鸭蛋,丈夫便心疼了,不顾我的横眉冷对,剥一个鸭蛋黄就问儿子:吃不吃?儿子不说吃也不说不吃,丈夫就连忙将蛋黄放到儿子碗中。我吵他,他也不理,吃着蛋白向我连连地笑。面对三分之二的对立局面,我只好草草收兵。慢慢地我发现,实际上丈夫在家中连一个咸鸭蛋黄也难得吃到了。儿子在家时蛋黄是儿子的,儿子不在家蛋黄是我的,说不吃都不行,一个劲地往你碗中夹,我气急骂他,他也不生气,反像得了彩头般没脸没皮地冲你乐,让你绝对没有脾气。

人们常说婚姻是爱情的坟墓,因为生活中的平凡和琐碎,足以一点一滴将人在恋爱中的海誓山盟消磨殆尽,等到浪漫的光环褪尽,很多人的爱情和婚姻也就走到了尽头。爱情是美好的,但是它更像是娇贵的花需要细心呵护、精心照料。如果说这世界上有一种东西可以让一个人无怨无悔地改变自己，我相信它一定就是爱的力量。我从一个小小的咸鸭蛋黄中感受着丈夫对这个家、对我和亲人朴素的爱，幸福快乐的感觉便穿越那些平淡无奇的日子款款走来……

绣花鞋情缘

前年春天,姐姐和妹妹陪母亲外出旅游时,每人买了一双绣花鞋,给没有去的我也买回来一双。

我一看,大红的鞋面鞋帮,雪白的衬里,鲜艳喜庆;丝线缠枝的花,花繁叶茂,每一朵花都鲜灵灵喜洋洋,每一片叶子都生动和诗意,更巧妙的是配上了中国结的盘扣、千层底……精美极了。这样的鞋,哪里舍得穿?就当艺术品放了一年。

姐知道了,特意打电话过来说:“是让你穿的,不是让你摆那儿看的……”

有文友知道了,竟赋诗一首:姐妹是一双绣花鞋。姐是左脚,妹是右脚。姐妹是一双绣花鞋。姐是前脚,妹是后脚。姐妹穿一双绣花鞋呀,手拉着手,迎着春光,搀扶到老。

那首诗,让我很感动,也让我想起了许多时光,忆起了很多东西。

家里有很多东西,杭州的丝巾、南海的贝壳项链、云南的香水……都是姐姐、妹妹出远门时给我买的。

有很多时候,一个电话过去:姐(妹),做我的饭,我一会儿到。那一定是爱人不在家、儿子不在家,我一个人不想做饭了,然后,看书看够了，写字写累了，两只手抬着一张嘴就去姐或妹家吃饭了。

姐（妹），有事没？陪我逛街吧。姐或妹一般都会放下手中所有的事陪我逛街，那一定是我心绪不好了。陪我逛完街，天南海北地胡扯，再去吃碗麻辣面，我的心情就一定会多云转晴天。

姐（妹），我在哪儿哪儿，你带钱来呀……她们一定会在 20 分钟内出现，那一定是我出门购物忘了带钱了。

姐，你在哪儿，我（或孩子）发烧了……因为姐在医院工作，多年来一有病就去找她，她带着去寻医问药，觉得心里踏实。

姐妹情是什么呢？也许，你痛苦或欢乐的时候，第一个想起的是你爱的人。可你处在窘境时，在场的一定有你的姐妹……

岂独姐妹情如此？我和爱人结婚时，爱人有两件纯羊毛毛衣，一件是谈恋爱时我织的，一件是他上大一时，他姐去看他，见他在深秋还穿着秋衣秋裤，当即就心痛得落泪，回到家用一周时间连明扯夜地织成毛衣毛裤给他送到学校。上大学、参加工作、结婚，毛裤早烂得穿不成了，毛衣也烂了个洞，但他还穿着，我给他拆了重新织好，那带着姐姐的爱和温暖的毛衣，便一直珍藏在我们心里……

儿子要挣钱

儿子今年 12 岁,不知为何,近段时间却颇有经济头脑,一心要挣钱。而他小脑瓜中想出的挣钱方法让人吃惊又忍俊不禁。

一日放学,儿子和同学一起弄得像泥猴一样从池塘抓了很多泥鳅回来,然后仰着沾满泥巴的小脸兴致勃勃地跟我商量:妈,把泥鳅养起来吧? 我说:这么多泥鳅养着费劲,吃了算了。儿子却一脸认真地告诉我:妈,养着吧,星期天我要拿到鱼市上卖钱! 从来不问钱的儿子居然会想到挣钱,让我大吃一惊,而他想出的挣钱招数更让我惊讶,当即招致我一顿呵斥。

晚上将儿子的想法告诉老公,老公却说:好事,应该鼓励,让他有一点经济头脑好,以后的社会发展没有经济头脑可不行。让儿子上鱼市卖鱼我肯定是不干的,于是第二天经过再三磋商,最终儿子同意将泥鳅卖给他老爸,用弹簧秤将泥鳅称称,足足一斤半,儿子高兴地从老公手里拿到了五元钱。我问用这五元钱干吗,儿子说他要攒起来,攒够一百元了,让他老爸给他在银行办一个自己的存折。原来还有远期计划呢! 再问攒钱干吗,儿子做了个鬼脸说:保密,不告诉你。然后儿子宣布,家中的废品以后归他管理了,他要卖废品挣钱。我心中窃喜:

这样也好,原来为了让他知道柴米油盐生活的滋味,多次做工作让他和上门收废品的打打交道,他均不予理睬,这下是他自愿上钩的。

但是稍一鼓励便坏了事,小小年纪的他竟事事钻到了钱眼里,让我不知所措。一日,有朋友请吃饭,丈夫下乡了,没办法,我带上儿子去赴宴。一晚上儿子表现不错,谁知要走的时候却让我闹了个大红脸:儿子竟要把大家喝完的空啤酒瓶子都拿走。看着朋友狐疑的眼神,我只好红着脸向大家解释:他要卖啤酒瓶挣钱。朋友善意地笑了,我却只恨没地方藏,回家儿子自然挨了我一顿好训。

又过了几日,儿子放学回家给我带了三首诗,对我说:帮我打印一下,我要投稿。从没有见他写过诗,现在竟然扬言要投稿,我不禁笑了。儿子看我不相信,从书包里翻出一张报纸交给我说:投稿能挣钱嘛!我一看是一张《小学生报》,上面刊登了一则某杂志社的征稿启事,其中有一项是征诗歌,一首十行以上的诗被采用者,稿酬三十元。再一看儿子的三首诗,竟是不多不少均为十行,这个小财迷多写一行都不愿意。再看他的诗,竟还多少有点诗味,其中有一首《老家》我比较喜欢:土墙绿树人家,麦田流水猪娃,黄牛草堂乌鸦。土路山崖野花,紫藤碧草老马,奇石怪木小虾。晨起阳光盈室小鸟竞唱,夜来明月揽窗树影西斜。这就是我的老家。把儿子的诗给老公一看,他连声称赞,吓得我直给他递眼色,我悄悄说:不能鼓励他呀,他迷上这个,将来学习偏科怎么办?老公却说:你以为儿子会像你那样笨吗?从记事起你的数学就没及格过。你再看看儿子,你这担心多余。儿子年年都是三好学生,成绩优秀,可为老公这么不留情面地揭我的短,我气得一下午不理他。结果,不仅乖乖地帮儿子打诗投稿,还又破费了近十元,给儿子买了一个漂亮的笔记本。儿子说,他要一个笔记本专门写诗用。不久发现,竟有儿子的同学也加入到了写诗挣钱的队伍中,星期天,他们还煞有介事地在一起会诗呢,而这队伍大有发展壮大的趋势。这小子,我竟是越来越看不明白了。

又一日中午吃饭时，儿子竟语出惊人地对我说：妈，你做的菜特好吃，你开个饭馆肯定能挣大钱。这小子想挣钱竟想到他老妈头上了！强忍着笑，我问他：

“那妈妈的工作怎么办？”

“辞职下海呗，就你那工资还不如我们学校门口摆小吃摊的呢。”

“想得美，我可不干。”这小子胆子不小，居然要动员检察官辞职呢。

儿子歪着小脑瓜想了想，只好说：“那等你退休之后再开饭馆好了。”我不禁大笑，对儿子开玩笑：“那好，你好好学习，将来你出国了，老妈跟着你到外国去开餐馆去。”儿子竟一脸兴奋地说：“对，把餐馆开到国外，挣老外的钱去！”

灯　　光

我的婆婆是一个地地道道的农村妇女，大字不识一个。从我一嫁到婆家，婆婆对我就像女儿一样，上街赶集给女儿买双凉鞋，必然也给我买一双一模一样的。尽管她的眼光我不敢苟同，鞋也只能在家当拖鞋穿，但这一点也不影响她的积极性，于是我便有了一堆有时连一次也没有穿过的套头衫、鞋子、饰物……

我在单位从事文字工作，常常要加夜班。我的家在郊区的半山腰上，从单位到家的路很远，并且有一段路没有路灯。别的季节还好说，特别是冬季，常常走出单位，大街上已是人迹寥寥，走到没有路灯的那一段路上，心里便会被恐惧所充盈。刚开始的时候，好不容易走出小城中野兽般的建筑群，远远看到山上自家门口一盏明灯在黑夜中散发着温暖的光，不争气的眼泪就会流下来。时间久了，看到那盏灯，一股温情便会涌上心头。那盏灯就像黑夜中的灯塔，安慰着我，让我这一叶小舟平安驶向家那温暖的港湾……而那盏灯是婆婆为我拉亮的。只要家里有一个晚归的人，婆婆就会让那盏灯亮着，直到那晚归的人回来，儿女们都习以为常了，没有谁为之动容。后来婆婆被在省城的大弟接走，在我晚归的时候，没有谁会注意为我拉亮家门口的灯，包括粗心的丈夫。看不到那盏灯,我的心莫名地失落和怅然。婆婆那张刻满皱纹的脸,在风中被吹散的花白头发,竟也会走进我的梦境,就连平日她的唠叨也成了一种令人快乐的回忆……

在一个雨夜,晚归的我在离家不远的山路上跌了一跤。当我拖着鲜血直流的双腿走回家,我的眼泪再也忍不住了,搞得丈夫一头雾水。于是我便告诉了他有关门口那盏灯的事。也就是从那一天开始,不论我还是丈夫,只要家人有一个晚归的,我俩都会像婆婆那样拉亮家门口的灯,让晚归的人知道,家里有人在等他,让那柔柔的灯光在暗夜中诉说着一份温馨和浓浓的爱意,于是幸福的感觉便会像一盏灯一样将生活照得通明透亮。

有温暖的地方

一日在公共汽车上,听到同车的一位老太太道起家长里短,知道她有三个儿女,皆在外地工作。老两口今天去这个儿子家,明天到那个女儿家,倒也自在。这不,春节临近,两位老人又要到省城的儿子家去过年了。有人问她为啥不在自己家中过年,她说,儿子工作忙,孙子小,孩子们来来回回也太累,自己反正在哪儿都是过年,不如去和儿孙在一起好,热闹。老人最后还说了一句引得满车人赞叹的话:哪里有温暖哪里就是家嘛!我也很感动,没想到一位其貌不扬的普通老妇人,居然能说出这样阳光而诗意的话,这真是一位开明的母亲。

在这位母亲的眼中,只要有儿孙在,有一家老小的其乐融融,那个地方不论在天涯还是海角,她都会毫不犹豫地把它当作自己的"家"。

是呀,如果一个家没有老人的身影,没有小儿女的笑闹,这样的家是宁静的,但持久的宁静,就让家弥漫着孤独和寂寞的气息。现在有时候,真的很怀念那种几世同堂、老少咸乐的传统大家庭场景。

我不由得想起了二月河先生。一次有事找先生,约在周日上午。我去时,客厅里,先生正在接待着两位请他签书的人;而屋内,先生的妹妹、外甥、外甥女等亲人也都在,一屋人在热热闹闹地看电视、包饺子。原来先生家多年来一直保持着每周同城的兄妹至亲相聚的传统，而且坚持在家中自己动手做饭。当时就想：大家就是大家，跟常人的境界就是不一样。像这样坚持亲人每周一聚几十年，相信现在绝大多数人都做不到，而且坚持在家里聚会就更做不到了。在先生家中，我感受到：家是亲情的纽带，是亲情汇聚、碰撞的地方，而这样的地方是很温暖、很让人向往的。

记得有一天，因为在外边受了点闲气，我带着满心的沮丧和失望，拖着疲惫的身躯回到家，儿子给我打开门，一脸阳光地喊"我妈回来了"，好像什么重要人物归来。从看到他的那一刻开始，我的心一下子就轻松了起来。儿子接到我就回房去玩电脑了，而我跟着他坐在他身边，有一搭没一搭地和他聊着网上的八卦新闻。看着儿子，看着他快速地敲击键盘，看着他专注地打游戏，无暇看我一眼，我都觉得很让我放松、舒心，以至于这小子很奇怪地问："妈，你没事吧？"那一次，我明白了，家是可以让我把烦恼拒之门外的地方，是个可以让人安心快意的地方。无怪乎白居易有"无论海角与天涯，大抵心安即是家"的佳句，家是安心的天地。

现代人一说起来就是忙，好像所有的忙人都集中在这个时代在中国诞生了。于是在忙中疏远了亲人，淡漠了真情，一颗心在忙碌中变得坚硬而粗粝，让人不敢近观。在忙中，我们简化了传统过节的程序，让真情成为可以批量群发的电子垃圾，这实际上是将几千年中国的文化传承抛弃了，我们好像离我们的根越来越远，对家的依恋也在慢慢地丧失……

当我动笔写这篇小文的时候，我看到了手机报上的一则信息：《风雪难阻"铁流"大军的返乡潮》，是说返乡民工因为风雪严寒的恶劣天气，更因为一票难求，不得不顶风冒雪自驾摩托车等两轮交通工具，跨越千里，返乡过年。这条信息我反复看了数遍，看得我眼眶发热。

回家，原本是一件多么简单而温馨的事情，而对这些农民朋友来说,回家的路却是如此的艰辛,甚至有点悲壮。一张小小的车票,在此时就是幸福和温暖的象征。

在这个冬夜里,我在心里默默地为他们祝福:祝愿他们平安返家,祝愿他们在温暖的家中欢度春节,祝愿他们来年的生活会更美好,祝愿他们心想事成万事如意……

无论中年是什么，你都要扛住

一边是妈妈晕倒住院，一边是儿子要出国留学，单位天天要加班，老公生病打着吊针，请假回家看妈妈的当天，嫂嫂又摔倒腰部骨折……

朋友在微信上给我发了私信，说："要崩溃了。"

我很理解，因为自己也感同身受：今年正值三伏天，我母亲中风住院，婆婆冠心病住院。好容易母亲出院了，弟媳的母亲又病危在外地住院，弟媳去照顾。弟弟不会做饭，我们姐妹便轮流回娘家做饭，日子一下子凌乱……

也就是近三年来吧，耄耋之年的父母，每年都要在医院出出进进几次，事事要儿女照料，像不能自立的孩子。所幸，上苍垂怜，他们虽然需要人守护照料，还能自己行动。而我曾目睹很多老人不得不躺在床上度过余生，那种煎熬是常人难以想象的。

在医院出出进进，才感受到医院是天底下最累人的地方，不仅身累，还心累。亲人有病，已是愁苦，再看着一个个痛苦的病人，听着呻吟、尖叫与哭泣，感到就活在地狱之中。

此时才明白，佛说的轮回，不光在前生后世，今生就在轮回。

也许医院就是天堂与地狱的中转站，不少进医院的人就是在闯鬼门关。医院更是一个修行的道场，在这里众生相真实地显现。我见过这样的儿女：一位老人瘫在床上，儿女为防止老人弄脏床铺，便尽量不让老人多吃东西；为了防止老人神志昏迷时乱抓，便将老人的双手绑着……

我也曾目睹这样的儿女，十几年伺候瘫痪的母亲，无微不至，孝心让人感动。

可见人生就在天堂与地狱之间，天堂还是地狱就在一念之间，一念之间又决定了老人的最终归宿。

在这个世界上，人的童年最幸福，因为父母是儿童的天堂，父母在天堂就在，那首歌唱得好："有妈的孩子像块宝……没妈的孩子像根草。"在这首歌的旋律中，人走向了中年，也许在某一个时刻，旋律戛然而止，娘的天堂也就消失了。

人生总有一个时期，老的需要依靠你，小的需要你拉扯，单位你是中坚，家里你是顶梁柱，没有人替你。面对亲人一日日的衰老和病痛，你心疼而无奈；面对儿女学业、就业的挣扎，你着急而无力；面对事业，你仍然需要劈荆斩棘。你的伤、你的苦，没有人可以抚慰……

人生总有一个时期，你是撑起晴空的天，却又煎熬得要崩溃，你觉得自己是百变金刚，却又被生活这个庞大无情的机器碾轧得只剩下干瘪的烂渣……除了极少数志得意满者，对绝大多数人来说，中年，就是苦逼的中年、凌乱的中年、压力山大的中年。

事业、家庭、亲情，无论哪一个你都得敬着，你都惹不起，你都丢不下，所以，你不能崩溃，不能倒下，所有的问题都要自己扛，这就是中年人的生活。

中年，就站在人生的界碑上。咬着牙走下去，生命才能一点点变得丰盈和深厚；走下去，你才能听到生命最深处的歌吟和宁静。

扬手是春，落手是秋。中年，就在人生的十字路口轻轻地笑着……

他们都是我的亲戚

很多年前,曾听一位亲戚说过一句话:“职位是暂时的,亲戚是永远的!”

亲戚真的是永远的吗?那时,年轻的我还真有点怀疑。况且,那话出自官员之口,我想,那不过是对穷亲戚打的官腔而已,完全没放在心上。

那时,我一心想要做的是:甩掉一切羁绊,单枪匹马一往无前,闯出自己的一片新天地。

那时心高,看不起没文化的父辈,看不起在俗事里滚爬的亲戚。因此,一听到父母要我参加谁家的红白喜事,给谁谁去“燎锅底”,我就会犯嘀咕:亲戚咋恁多?为啥有事都得去呀?去吃一顿饭有啥意义?尤其让我心烦的是没完没了的离婚故事、宅基地纠纷……说到痛处,一把鼻涕一把泪,而我内心很无助,却还要耐着性子,搜肠刮肚理法条、出什么主意。

我觉得,人为了自己的嘴,为了一家事,在锅碗瓢勺中耽误太久已经很不划算了,如果再在别人家的俗事中忙乎,人也就成了一个满身油腻的吃才了,更何况自己也无长袖善舞之能。古人说“君子远庖厨”,离庖厨远了,才能离星星近,清雅也就来了。

要说,我的“远亲戚”,不过是远俗事而已,可能并不算过分吧,但时间久了,却落了一个清高的把柄:这妮子看不起人呢;这妮子想装神呢;这妮子,哼!

年轻的我并不知道自己的心是飘在云里、一直在四处流浪,自己的双脚从没有扎实地踏在大地上。

一天,一大早,乡下一亲戚与妻子一起,敲开了我的门。多年不见,老人愁苦的脸上唯有沧桑了。他说,孩子陷入一桩官司,他天天睡不着觉,人也瘦干了。几次要流泪,又忍回去了……

我的心忽然一阵刺痛。他们都是白发老人,像我年迈的双亲,已经到了常在医院进进出出,事事需要儿女操心的年龄。儿子的不慎,却把他们打进了人间的地狱,受着心碎的折磨,还要迈着无力不稳的双脚,为孩子劳心奔波,而这一切又多是徒劳……

那一刻我才明白,他们也许心里很清楚,我并不一定能够帮上他们的忙,但他们在危难时刻首先想到的是亲戚,因为我是他们的亲戚!他们是我的亲戚!

活到这个年龄,也是在他们哭诉的瞬间,我才明白,父母永远是人生情感的原点,这个原点不断扩散的涟漪,就是一个个亲戚。不管你重视不重视这个涟漪的存在,它都荡漾着永远的波纹。

人生不到某个阶段就体会不到那个阶段的况味。他们是我的亲戚。他们的苦与难,我也有份,不管我接受不接受,这就是生活。

人可以没有朋友,或者没有真正的朋友,但不可以没有亲戚,那血缘的密码从我们一出生就流淌在我们的身体里。虽然随着时代对血缘的稀释,亲戚关系也在变淡,但是,一个朋友可能不再是朋友了,甚至再停几年,已经成了路人,而亲戚,即使那是个你不喜欢的亲戚,再过几年、几十年还是亲戚,当他的儿子、孙子喊你一声“表姨”“姑奶”的时候,听着还是很亲切的。

那么,就从这一刻开始,让我坦然地去接受,接受他们就等于和过往的岁月和解,和自己的出生和解,和自己所处的环境和解……生活嘛,我们都需要亲戚,那就与亲戚多说说话吧!

爱是什么

我得到了我妈的表扬！

周六在娘家吃过午饭后，妈当众宣布："今天小丽表现不错，在家吃饭了。"我听了不觉心酸：父母对儿女的要求真是少之又少，女儿在家吃顿饭居然就让父母这样满足和高兴，足见我平日陪父母的时间不多。

父母是极要强的人，从来不愿给儿女添麻烦。在他们眼中，我这个女儿特别忙，生病住院也总是吩咐不让我知道，怕影响我工作，所以父母生病住院我几乎都是最后知道的。但从去年开始，父母连着住了两次院后，不止一次对我说："没事多回来看看。"85 岁的父亲甚至说："你要忙，让仁（我爱人）多回来坐坐。"我不得不面对父母年迈的现实：不知不觉间，父母真的已到了需要人陪伴、需要拐杖的年龄了。

这让我想起了另一位母亲，那位母亲对我说："我什么都不缺，就是想儿子。"她给我扳着指头算："我记得可清了，去年他在家就吃了三顿饭，有一顿饭只吃了三个饺子就走了。他一回来，我没法儿问他是否在家住，就问他：'你的被子要不要晒晒？'他说晒吧，那就是在家住了，他说不用了，那就是不在家住了。他去年在家住了两个晚上……

就是住在他家里也不行，一大早儿就走了，晚上我睡了他才回来……我知道他忙，想得很了，我就在家放光盘，在那上面能看到他嘛……”她是一位农村的普通母亲，却不能像诸多农村老人一样享受普通的天伦之乐，她的儿子是一位高级检察官，难得守在老人跟前。她明白儿子工作的意义，所以她卧病在床，儿子打电话回来她却说：“我刚从地里回来，一切都好呀！”可是她也是母亲，她无比坚强理智的心，怎么藏都藏不住对儿子望眼欲穿的深情依恋……

一同窗在省城工作，每年回家两三次，原来一个必有的节目同学聚餐，近几年他很少再参与了，他的理由是：“回来太少，再出去吃饭，就没有陪父母的时间了。”有人对此不理解，觉得他不近人情，但我向他鼓掌致敬，因为他懂得：爱，就是陪伴。

一千个人对爱的定义可能有一千种，但是，无论是亲情之爱还是爱情之爱，爱的终极目的应该都是让人幸福、愉悦的。有人说：“爱其实很简单，就是陪伴！”话不多但内涵深，道理易懂事儿难做。著名作家二月河，多年来坚持和兄弟姐妹等至亲周末聚餐，像这样的亲情坚守，当下几人能够做到？

爱的过程应该是心与心互相取暖、扶助的过程，没有陪伴的爱，是缺乏基石的空中楼阁，再富丽华美也跟自己没有真实的关联。舒婷有句很有名的诗：“与其在悬崖上展览千年，不如在爱人肩头痛哭一晚。”这可谓道出了爱的真谛！

爱是相互温暖，爱是分享，爱是陪伴！陪伴他（她）慢慢成长、开花，共享生活的快乐和美好；陪伴他（她）吃饭、散步，共同忍受生活的琐碎和平淡；陪伴他（她）去想去的地方、帮他（她）完成心愿，让他（她）在人生的冬天里感到温暖、不孤单……爱他（她），就慢下脚步或者停一停，陪伴他（她）吧，陪伴他（她）在漫漫的人生路上共同撑起一片蓝天！

爱的灯塔

看过一个 14 分钟的微电影 *Turning Point*（拐点）。电影讲述的是一个叫法兰克·汤玛斯的普通海峡灯塔管理员留给人们的遗产，与众不同的是：接受他遗产的人基本上都不认识这位灯塔管理员，而且他的遗产看起来更像是在与人开玩笑，因为那些遗产要么是 17 美元，要么是一个普通的贝壳，要么是一朵干枯的花……但是灯塔管理员给每个接受遗产的人都写了一封信，来说明这些遗产的价值。

写给继承 17 美元的年轻的汽修工约翰·格理芬的信中说，当灯塔管理员是一个潦倒没有工作的小伙时，却有一个妻子和襁褓中的女儿需要供养。一天，他在超市购买当天的生活必需品，结账时需要 16.9 美元，但他掏遍了口袋却没有一分钱，那一刻他尴尬而心碎，正当他拉着妻子要离开时，身后一个中年人递给了他 17 美元。这个中年人并不是富人，他资助了年轻人，自己却返回货架前将挑好的商品又放回去一部分，那个中年人就是格理芬已过世的父亲。这一幕让困顿的年轻人终生铭记，他说在那一刻他找到了自己真正需要的东西：人格！他在信中对格理芬说：我用过去 50 年时间尝试着把那一分钟交会时您父亲教给我的传递给别人……

贝壳是给一个叫查理的绅士的。灯塔管理员说：很多年前的一天，在看守灯塔的海滩上，他看到了度蜜月的查理和他的新娘，他们幸福、快乐的神情吸引并感染了他。他从他们身边走过时听到了查理拥抱着新娘说了句“我爱你”，灯塔管理员在疲惫的生活中早已忘记这句话该怎么说了，这一幕唤醒了正在经历感情危机的灯塔管理员心中对爱的向往。他捡起了这对新人把玩后随手丢弃的贝壳，找到了已分居的妻子，向她道歉并对她说：“我爱你！”他重新找回了自己的爱情。在信中他对查理说：您的贝壳是我最珍贵的东西，从此以后我的人生变得很快活。每当我看到贝壳，就能想起“我爱你”这句话，它给我勇气，让我想起要克服我的自傲。感谢您给我的好榜样和这句随时随地都让人感觉温馨的嘉言……

一枝干枯的花是留给一个叫唐娜的母亲的。这个母亲曾在海边失去了心爱的女儿，灯塔管理员目睹了唐娜是怎样的哀号和悲痛欲绝，不久之后管理员也失去了自己的女儿，这让他的人生一下子失去了光辉，乌云一直笼罩着他，令他不能自拔。一天，他又在女儿墓前哀伤时，去祭奠女儿的唐娜走到他面前，对他说：“这是美好的一天，不是吗？你要一朵花吗？送给我们所爱的人，好吗？”她从自己的花束中拿出一枝交到这位父亲手中。在信中，灯塔管理员对她说：“您面对自己的哀伤却仍然勇往前行，您的微笑鼓励我鼓起勇气向前行进，您的花朵时刻提醒我在暴风雨中勇往直前……”

原来每件遗产都代表着灯塔管理员人生的转折点，这个故事的结局是：那些漫不经心甚至觉得是一场闹剧不愿意接受遗产的人们无不被深深打动，并进而改变和修正了自己人生的态度。

在漫长的人生路上，每个人都可能会面临人生的拐点和转折点，它决定人生的走向，而改变它们的往往是一句嘉言、一个善行，甚至是一个微笑……

这位普通的灯塔管理员完成了他人生最伟大的事业，他用写信的方式将人生最宝贵、最重要的记忆留在了世间，也将爱与善的火炬传递了下去。这部微电影重复回旋的主题曲歌词是这样的：此刻最珍贵的是你慈善的话语，超越怀疑和黑暗，你的话语围绕着我。也许，你不知道那天你拯救了我，就像发光的灯塔给我光明。如果你想与众不同，那就要看你的手伸向何方。当我感觉自己一无所有时，是你给我力量和坚强。也许你不知道，是你的勇气帮助了我，就像发光的灯塔帮我看清了前程……

家是谁的

作为家庭主妇，每天上班、下班、买菜、做饭、洗衣服、打扫卫生、种菜、养花，这些琐碎的家务像一根鞭子抽动着，人便如一只团团转的陀螺，停不下脚步。在做家务的间隙里，还要偷空看闲书，写闲文，练练“小”字，吊吊书袋子，培养培养自己的小资情调，虽忙得一塌糊涂，却也自得其乐，有滋有味。

而这些全是因为我有一个温馨的家，家里有宠我、在乎我的丈夫，有我挂心牵念的儿子和亲人，包括院里棕树上那两窝刚孵出小鸟的斑鸠，每日上下班一推家门就欢呼雀跃摇头摆尾扑上来迎送我的老黄狗……

我的地盘我做主。在自己的家里，我可以大声地呼儿唤夫，赤着双脚跑进跑出，甚至发起懒来，坐在床上边吃零食边看书……

有一年春节，亲友一大帮来我家，一亲友的弟媳，看着我一天三餐要张罗两桌的饭菜，还要烧水扫地洗涮，不由得替我抱屈：“这日子你可怎么过呀！别说这些活了，我已经好几年都没有洗过衣服了，我们家有保姆的。”我听了却着实吃了一惊：家是我自己的，在我自己的家中让亲朋好友和和睦睦地享受着亲情交流的快乐，那是多么热闹、温馨和快乐的事情呀！作为主妇，我虽累却也是幸福的。为这一点，婆婆总说我很有长房儿媳的气度呢。

我更不能想象：将自己的家交给保姆之类的人，自己又该做些什么呢？这绝不是钱不钱的问题、女性解放不解放的问题。这是一个女性对爱的态度、对家的概念的理解问题。

我想，一个女人爱自己的亲人，就会乐意为亲人付出，付出自己的情感，付出自己的心血和劳动。家是爱情驻足的地方，也是爱情男女在平等的屋檐下享受生活的地方，如果女人不自己精心操持，那样的家与宾馆、旅馆又有何异？

每当我将家中的每个角落收拾得干干净净，对这个家的那份爱便在这一点一点的擦拭中得以表达和体现，而随着我手指的触摸，那份爱也在悄然地积累沉淀着。我督促着家人洗澡、换衣，而我洗衣、收晾着带有太阳的香味的温暖、洁净的衣服，我的心里也满溢了温馨和甜蜜……我相信，穿着妻子洗过的衣服，精神抖擞地走出家门，丈夫就带着妻子的爱和体贴、关怀开始了一天的奋斗，那丈夫一定是快乐的。我不敢想象，一个女人不为家付出和奉献，这个家中还有什么能让她为之欢喜为之忧？

每当我为丈夫的花朵浇水施肥，我实际上是在为自己的爱情添加润滑油，而我亲手为丈夫和孩子奉上可口的饭菜，便是让家的吸引力更强些，也为爱他（她）就要付出和奉献加上了最好的脚注……家是我的。正因为是我的，我不愿让别人插手，而也因我的一点一滴爱的流露，家里的一草一木都有了爱的灵魂和生命。

作为现代女性，肩上有许多担子要扛，背上有许多责任和义务要负，有许多的角色要当，但是，无论有多高的名望、地位，有多少财富，一个女人，首先是普通而平凡的女人，然后才是她要扮演的这样那样的角色，如果失去了女人的角色，那么她将失去所有的角色，最终一无所有。我深信：如果女人不像女人，这世界一定是在什么地方出了差错和毛病。

每天,我一大早起床叫醒儿子并为他冲出一杯牛奶,从这一刻起,我的心中就装满了慈祥和疼爱,而孩子临出门的那一声“妈,我走了”,或是放学回家看不到我时的询问“我妈呢”,都绝不是一句习惯的问话,而是饱含着亲人的依恋和敬重。

因为家是我的,我做了个平凡的女人,一个琐碎的小妇人,便普通而快乐着!

爱情的命运

有人说，爱情最美好的命运，就是有情人终成眷属，步入婚姻的殿堂。而有人说，婚姻是爱情的坟墓。

其实，大多数人都弄错了。

爱情是一条情感的河，一路波光闪动，欢笑不止。爱情的源头就是心头，爱情的光亮就是两颗心碰出的火花，爱情的流动就是情感的释放。虽然任何河流终归大海，但爱情的河流的终点却不是婚姻，或者说爱情根本就没有它的终点。因为爱是一种纯粹的心理活动，因爱走向性欲或婚姻，都可以是爱的结果，但随着时间的推移，爱可能消失，性欲已成过去，婚姻却存在着，凸显在人生的道路上，婚姻也许成了爱的小屋，也许成为被爱抛弃的垃圾。

和爱情相比，婚姻完全是另外一种东西。人的心永远是自由的，时光滚滚向前，人生流向未来。人生像一条河流，不停地流动着。而婚姻，却更像一个池塘，以相对稳定的环境与氛围保持着有限的生机，构建着自身的和谐，以不变的明亮反射着天光云影。

然而池塘终归不是河流，面对着庞杂的社会与生活，却要接受数不清的垃圾，池塘里往往漂满菜叶、烟头，混合着各种文化的颜料，久而久之，池水发黑，蚊蚋横生，池塘成了死塘。因此，人生情感等的河流性质决定了人的浪漫情怀，而婚姻家庭的池塘性状却使人现实而劳累。

人类诞生之初，人是个无家的动物，人的进化史就是漂泊的历史；婚姻家庭的成立应该是人类最伟大的创举，因为婚姻家庭结束了人类漂泊的历史，人从此有了私有的根。但是，家庭是社会的细胞，或者说家庭就是以社会的形式存在的，它更像一个传统的作坊，生产着生活的材料。在这里，重要的是合作的和谐，而不是谈情说爱。

因此，爱情引导着婚姻，婚姻推动着家庭，家庭却是一个分工合作的生产单位。这对爱情来说往往是致命的。因为爱体现着内心的丰富，总是闪着光亮，爱总菊花满头，摇动着动人的风姿。爱是一颗浪漫的种子，总生长着流畅的优美。即使爱的付出痛苦沉重，凝视的双目仍然虚幻迷人。

但那个池塘总像块垒般淤积着，风行水上只有细小的波纹，那里总没有舒展与奔放。这让很多爱情慢慢消失了。如果夫妻还没分离，则夫妻就成了性伙伴与人生伴侣，爱情被亲情所代替。从爱情始，至亲情终；从浪漫始，至现实终，这应该是大多数家庭所走的老路。有的人想到家外看看风景，成了拈花惹草的人；有的人受不了责任的重压，从家里逃出去，成了一个离婚者。这也是离婚的主要原因。

恩格斯说，没有爱情的婚姻是不道德的。这话是站在人性的角度说的。因为爱情是人生最美的部分，也是人性中最柔软、最活跃、最亮丽的章节，不管什么原因，失去爱情都是人生的残破，也容易使劳作变成苦役。

看来，爱情恐怕是不长久的。婚姻家庭的现实性与结构的稳定性，像拴风筝的线一样拴着爱情；而爱情却是一个好撒欢的生灵，失去自由也就难以存活了。我们还得回到那个池塘上。池塘之所以比不上河流那么轻快与明亮，往往就在于其失去了源头活水；失去了源头活水也就没有了自身的净化能力,稍一污染,就成了一潭死水。既然不少夫妻爱得死去活来,生活不断地涌现着爱的经典,我们就有理由相信,婚姻可能随时死去,但那个能够不断注入源头活水的池塘也可以成为爱的天堂。尽管这个社会膨胀变形的观念与欲望,不时地污染着家庭这块人类藏身的地方,但在爱与家、爱与婚姻之间,肯定有一个平衡,那个池塘肯定有无尽的活水,那就是我们永远的真情。一旦我们用真情的眼睛看着爱人,爱就会燃烧起来。

幸福的标准

单位门口的门卫室，住着门卫老两口。门卫是临时工，今年已经六十多岁了，是个挺和蔼、很负责任的老人，大家都叫他任叔。任叔有儿女三个，都在农村，老伴也是个农村妇女，农忙时回家给儿女们做饭，农闲时跟着任叔住在那间夏天像蒸笼、冬天如冰窖、寝办合一的平房里照顾任叔的起居。老两口就靠任叔一个月四百块钱的工资过日子，日子自然过得很清苦，但是两人却很恩爱。很多时候路过门卫室都能看到老两口一碗稀饭、面前好像永远都是一个菜地在吃饭，偶尔改善生活，就能看到老两口你往我碗里夹块肉、我往你碗里夹块肉的情景，很是让人感动。

一日，去门卫室小坐，正赶上老两口赶集回来，任叔的老伴高兴地向我展示了赶集的成果。快麦忙了，任叔的老伴又该回家去为儿女们服务了，女儿在她生日那天给她 50 元钱让她买双凉鞋，结果老两口用 90 元钱买了三件物品：任叔和阿姨各买了一双凉鞋，阿姨还买了一件中长袖的羊毛衫，都是物美价廉的东西。更让我叫绝的是阿姨买的那件中长袖羊毛衫居然是鲜艳的大红色，非常漂亮。阿姨说：我嫌颜色太红了，可你任叔说今年闰月，红的避邪免灾，非让拿红的。那一刻阿姨一副幸福陶醉的样子，不觉让人神驰！有丈夫陪着上街买衣服，纵是几十元一件的衣服，在阿姨的眼中也是世上最美的呀！

一夜风雪之后，早上去上班，发现路上结着厚厚的冰，别说骑车了，就是步行也要小心翼翼。正在一步一滑时，看到前边一对年轻夫妇手挽着手走过，心中好羡慕呀！实际上是男人袖着双手，而女人则拉着他的胳膊，两人搀扶着，说笑着，一路走着，一脸的幸福。放眼望去，在这样的早晨，搀扶着走路的人还真不少，有大人拉着小孩的，有夫妻相扶的，那一刻，我的心骤然温馨起来了……

什么是爱情？什么是幸福？我想它与金钱的多少和权力的大小无关，生活路上的相扶相携、相依相随、相知相伴，才是它的内涵。不管多么浪漫的言行，不管多么动人的海誓山盟，生活最终是由锅碗瓢盆交响曲相伴，最终要由柴米油盐的琐碎来充实。而风雨中一把伞下的偎依、夕阳下两个步履蹒跚的老人的搀扶，便是生活中最动人的画卷、最有诗意的语言、最令人心醉的瞬间。这就是幸福！你不必问你的爱人是否真心爱你，你们的生活是否处于幸福之中，你细细想想：他是否陪你逛过商场，帮你挑选过一件心爱的衣裳？他是否在磕磕碰碰的路上做过你的一个支点？他是否在你病中为你奉上一碗亲手煲的热气腾腾的鸡汤？……答案不就很明确了吗？

没有他就没有凡・高

朋友送我一本欧文・斯通著的《渴望生活——凡・高传》,五百多页的书,居然数天就看完了,凡・高的生命与画作给我以强烈的震撼,但还有一个人——一个造就凡・高的人似乎更让我感动。

他就是凡・高的弟弟提奥。提奥在这本书的第 105 页才出现,而这时的凡・高,失去了爱情、丢了体面的工作、遭到了家族的遗弃,甚至被上帝拒之门外——到最贫穷痛苦的博里纳日矿区做一名临时福音传教士又被解除任命,他穷困潦倒、食不果腹、屋无取暖之物……凡・高"成了一具行尸,在这荒漠的世界上徘徊,奇怪自己为什么依然还活着"。在凡・高生命的最低谷,提奥来了。

提奥对凡・高说:"我怀疑有一件你希望做的事情,那是一件你觉得对你最适合不过,而且最终会带给你幸福和成功的事情。那好,老伙计,你就说出来吧!……要是你希望做什么事,而在最初又正好需要帮助,你就直截了当地把你终于发现的真正的终身事业告诉我,然后,咱们可以建立一种合作关系,你去经营,而我则提供经费。等到你有了偿付的基础,你就可以把钱连本带利都还给我。"这一刻,凡・高才认真考虑自己该做什么,最终决定从此走上艺术的道路。

也是从这一刻开始，提奥将凡·高背负在自己的身上，这一背就是十多年。无论凡·高到哪里，无论他是单身还是收养了街头的妓女母子组织了所谓的“家”，提奥都每月定时给凡·高寄生活费，供养他从事痴爱的艺术创作，从来没有停止过，包括凡·高最后在精神病院治疗直到自杀……

他从来没有放弃过凡·高，即使全世界都放弃了凡·高，父母、爱人、亲戚……凡·高生前几乎没有因画获利，到死都是接受供养生活着。只有提奥一个人供养他、赏识他，可以把他从素描到画作的所有作品按时间顺序排好，整理、保管好，尽管那些画作在当时一文不值；可以把他 20 年间写的信，一封不缺地保存下来，那是整整 700 封信……

这对于一个伟大的灵魂来说，已经足够了！

只要这世上还有一个关心他、爱他的人，他就有信心和勇气创造一个美的帝国，而他无疑是这帝国中戴着王冠的人；只要生活中还有一星一点的火苗，他就能够将它转化成光照世界的太阳，而他则是面对新生太阳微笑的人。因为，“对他来说，要紧的不是他在人世上可以逗留多久，而是他用这一生的岁月去做些什么。对他来讲，时间不是用一页页飘动的日历，而是用一幅幅源源画出的画来计算的”。

今天，我们站在凡·高的画作前，无不被他画作上传达出的生命的美丽、灿烂和辉煌所折服，无不为他热烈奔放的色彩所叹服。而凡·高本人的一生可以说是与落魄、贫困、孤独、病痛相伴的苦难的一生。

凡·高死后，他的画成为世界艺术品拍卖市场上最具价值的艺术品。在 1990 年，也就是凡·高死后的 100 年，他创作的《加歇医生的肖像》，以 8250 万美元的价格售出，成为当时世界上售价最高的艺术品，轰动全球。凡·高的画之所以照彻人心，是因为那些画是凡·高在人生的磨难中摆脱了传统的桎梏的生命绽放，那是他灵魂的呐喊！

而成就他的，是他的弟弟提奥，一个靠薪金生活却供养了凡·高大半生的人，一个在凡·高死后六个月也去世的人。提奥下葬后不久，他的妻子乔安娜为求得安慰而诵读《圣经·撒母耳记》时，看到这样一句话："他们死时也不分离。"于是，她把提奥的灵柩迁往奥维尔，葬在凡·高的墓旁。

提奥和凡·高，从此永不分离了。

节日印记

腊八是年的一道门，腊八节的一声鞭炮响，年的大门就打开了，而人们筹备年的序幕也拉开了。大前天弟弟打来电话：姐，春节的馍我已经在馍店给你订好了。放下电话，心里竟有些许遗憾：今年，又吃不上豆包馍了。

记得我小的时候，过年很隆重也很神圣，什么日子做什么都有一定的程序，腊月二十五是割豆腐、蒸馒头的日子。过年的馍是母亲和外婆亲手蒸的，花样很多，除了白白胖胖的蒸馍，还有枣馍、麦桩、糖包、豆包，偶尔，心灵手巧的母亲还会在蒸馍上捏上小鸡、小白兔、小老鼠等动物，使春节的馒头像艺术品一样精美、讲究。蒸豆包馍更讲究，要用上好的红豇豆煮好，配以蒸好的山药泥或红薯泥，再加上红枣、芝麻、白砂糖做馅，沙甜面香，是我从小的最爱。

即便在我出嫁后，每到春节，外婆还要再三嘱咐母亲："多蒸点豆包馍，小丽爱吃呢。"我春节回娘家每餐少不了的必是豆包馍。再后来外婆仙逝，弟媳从母亲手中接过操持家务的重担，每年春节我家的馍都是弟媳承包，也必少不了豆包馍，偶尔婆婆也会蒸。

近两年随着父母、婆婆年迈多病，弟媳家务日重，春节的馍便开始在馍店买了，我也曾尝试买过两次豆包馍，但那口味实在不敢恭维，便主动放弃了。不知为何，当今年的春节越来越近的时候，我竟有些想念它了。由它我还想起了对我疼爱有加、拧着小脚的外婆，我白发苍苍日益年迈的双亲，还有那些纯净如水的青春年华、对过年无限渴盼的少年情怀……

今年冬至的前一天，天下着雪，越到向晚雪下得越大，那应该是南召今冬下得最大的一场雪。临近傍晚时，原打算不包饺子的我忽然决定要包饺子，因为第二天是冬至。虽然儿子和婆婆都远在省城，但有丈夫陪着我，居家过日子该有的程式就不能省略或简化，否则家还像家吗？于是我给丈夫打电话让他负责采购饺子馅的原料，而我则冒雪走上街头去买饺子皮。谁知连跑了数家，买饺子皮的人都排着长长的队，有一个地方排队的足有上百人。在懊恼之余，我更多地体验到一种感动：这些冒雪排队的人，他们对传统节日这样执着地坚守，是否也如我般心里怀有丝丝缕缕的牵挂和思念呢？

晚上我正在包饺子，接到了儿子的短信："妈，明天冬至，记得吃饺子呀！"那一声问候，让我觉得好像不久前还揽着我脖子撒娇的孩子长大了、懂事了。当晚，我便给远在京城的闺密发了电邮，讲了人们冒雪排队买饺子皮的场景，讲了老家有关冬至的谚语"冬至不吃饺子，冻掉耳根子"，当然不忘叮咛她：明天记得吃饺子呀！第二天一打开邮箱就看到了她的回信，虽然只有一句话：亲爱的，看到你的信我落泪了，我想家了！

我记不清从什么时候开始我对传统节日敏感和看重起来，应该是近年的事。年轻时什么都不信，什么都不怕，什么都不在乎，我还清晰地记得父母在节日里要求我拜访亲朋长辈时，我是多么的反感。也许是年龄渐长，已到了知道惜福珍缘的年龄；也许是儿子外出求学，让我懂得了牵挂的滋味；也许是曾经有一位朋友每个节日都会送上一份祝福，直到有一个节日，再没有收到他的祝福，一段在岁月中沉寂的情愫使我明白了：充满聚散离合的人生是多么的无常，那份在节日里的祝福又是多么的可贵……

人是有记忆的，也是有情感的。因为有情，我们有爱恨情仇、欢乐和痛苦，因为有记忆可以让人类记得和重温昨日的情怀、追寻前人的足迹，给苦难的人生种下了思想的种子，插上了想象的翅膀，让生活变得诗意和生动。节日就是人类记忆的海中那些温暖阳光的印记，这印记凝聚着代代相传生生不息的传统文化的伟大力量，汇聚着人们对亲情友情的眷恋，融合着团圆喜庆的美好愿望，是中国人心中永远不朽的乡土情结、亲情情结和爱情情结……这印记会伴随我们整个人生，像灯一样照亮和温暖着我们来去的路，而且也像灯一样一代一代地传承下来，照亮着人类文明发展的道路。从这个意义上说，这个春节我应该让儿子学会拜访亲朋，送上一份问候和祝福。

第四辑　岁月的深处

种下一粒爱的种子

这是个晴朗的春夜，没有月，星星显得有些寂寥，我在窗前和星星对视了一小会儿，它们不说话，像缄默的智者，平静地看着我。也许这些星星是秦时的或是汉时的，也许更古老，和它们比，繁华和辉煌皆如昙花一现。但今夜它们和我有缘，只是我不懂它们的语言，有点迷茫，但有一点我明白：此刻，我和众生平等，在同一个星空下……

这一刻，夜安静了许多，但并不沉寂，而思绪和梦往往就在这一刻展开飞翔的双翅，今夜它们又会去造访叩问哪些人、哪些事呢？而我刚刚收到了朋友的短信：春天来了，王璇还在冬眠……我笑了，我好像感受到来自内蒙古草原的风，越过千山万水在这一刻满盈我的斗室，让这个春夜温柔起来、生动起来。一双眼睛注视着我如天空的星星，清澈而明亮，他不语，但那份关切是真实的，他也许一年或两年都不会发一个短信或打一个电话，更无缘见面，但是他在遥远的地方通过我的作品关注我、了解我、贴近我的生活，如果有一段时间没有看到我的文字，他就会像今天这样不期而至。那份牵挂在淡淡的语言中，那种鞭策隐藏在诗意里……这样的朋友不多，但却风轻云淡、隽永常新。

人的一生中会遇到很多匆匆的过客，他们如流星在生命的天空中一闪而过,更多的是无声无息地路过,也如同自己在他人生命中的路过一样。然而总有一些人、一些事会在某个瞬间里在你的生命中驻足,让你在不经意间想起。也许只是生命中的一次偶遇,但是却将远隔万水千山的牵挂留了下来,无须回馈,不求相伴相随,即如天边的云,温柔地在心的天幕上徘徊……

我相信这世间有不是夫妻而心灵相通情逾夫妻者,有不是兄弟姐妹却肝胆相照胜于兄弟姐妹者,这是人间的大爱和真情。也正是这样无私的真情,让平凡的生活生动而有诗意;正是这些来自心灵深处最朴素善良的情感,温暖和感召着生命在坎坷的人生路上跌倒了再爬起来前行。当繁华落尽、青春渐行渐远、生命需要回忆来装点年华时,它们也一定是生命中最生动的章节。生活是神奇的,你也从来不知道自己的心弦会在何时为何人而动。前几天,和一位长者通了一次话,让我意想不到的是,我一自报家门,那位年逾古稀的老人家竟一下子想起了我,还说“我可想你了”。我还是三年前去过她家,离开时说还要去看她,没想到我这一诺竟三年未践,可老人家还是那样温良而亲切,而且像笃信自己的子侄一般笃信着我,这又是一种什么样的情怀呢?她让我的心灵为之震颤……

生活很奇妙、很复杂,有时又是如此的简单!简单到一个人、一件事、一个眼神、一句话、一朵花开,就可以彻底地改变一个人的心境,影响一个人的人生。

佛教中有顿悟之说,也有很多立地成佛的公案,那是如恒河沙般的修行者梦寐以求的,是高僧大德者的异数造化。我说不上是顿悟,但在这个春夜里,好像阳光照进了我的心田,我忽然有一种冲动,有一个强烈的愿望:我为什么总是从别人那里获取温暖和欢乐?我为什么就不能主动地去爱别人、关心别人,让自己也成为那个可以给人温暖和欢乐的人呢?多少年来,我心安理得地接受着父母的爱,坦然地承接着来自亲朋的关怀和温暖,而我又给予了他们什么呢?我甚至从来没有准确地记忆过任何人的生日，包括我自己的，我总是用忙来为自己辩解……而在这样的春夜里，我忽然为自己感到脸红。我用文字去温暖别人，却忽视了身边的亲人，事实上爱那些爱我我也爱的人并带给他们温暖和快乐，才是我的本分和第一责任。可是很多时候我甚至像一只随时准备战斗的刺猬，有意无意中刺伤着身边的人，而我连俯下身子看他们的姿态都没有。

那么就从这个春夜开始，让我在心中种下一粒爱的种子吧！让我从将亲人的生日一一输入手机，学会并愿意记住他们的生日开始，播下爱的种子，总有一天它会长成参天大树，让生命之树的每一片叶子都丰盈美丽，每一根枝丫都摇曳生动，撑起一片茵茵的绿……虽然明天我仍然是芸芸众生中微不足道的一粒沙，但这粒沙因怀揣着人类最温暖的情感，而使人生达到了善与美的全新境界……

人生的宝

家中博古架上，一个镶着金色花朵和云饰的大红彩绘瓷茶杯及茶托，占据着显眼的位置。有一天，在打扫卫生时，不小心把茶杯盖摔碎了，捡拾碎瓷片时，我心疼得眼泪在眼中打转……少了茶杯盖的茶杯依旧占据着显眼的位置，到访的客人也不止一次问过："这是古董吗？很珍贵吧！"我多是一笑而过。

瓷是现代普通的瓷，也不是大师作品，价值不会超过一百元。但它是我的一位老上级送的。记得一次给他送文件，看到他新添了一个瓷茶杯，大红色，金丝装饰，很喜庆，便赞了声："好漂亮的杯子！"没几天，我便收到了一模一样的杯子。那个杯子我没有用来喝茶，一直放在家中博古架上。后来他调任他处，和同事一起去看他，我说你送的杯子我一直保存着，他很惊讶："啥杯子呀？"他已全然不记得了，但我记得，我记得他无私的关爱、真诚的尊重。

当下网上很流行一句话："最幸福的事，就是有个人暖暖地住在心里。"事实上，能够温暖人心的，不只是一个人，有时一件事、一句话也可以暖暖地住在心里，并生根发芽长成参天大树，长成风景。

认识一个人近二十年了，很多事都忘却了，只记得当初因一件困窘之事去找他。坐在他面前,我局促不安地表示:如有需要,我可以再去找找别人。而事实上自己心中一片茫然,我不知道我还能做什么。只听他说:你不需要。短短四个字,那么有责任有担当,一下子就释放了我所有的紧张和焦虑,他的声音很轻,却有如山的力量,让我一颗飘摇无助的心瞬间安然下来。因为这四个字,二十年如一日,对他一直都有亲人般的信任和亲切感;困难时想起这句话,便会有一种信念:总会有办法的。而生活也确实如此,一切都会过去。

博古架上那个盛开着一朵蓝色荷花的玻璃球,是恋爱期间丈夫外出旅游时给我买的,几次搬家我都不忘带上,迄今已二十余年了,那是爱情的见证,那也是不擅购物的丈夫给我买过的唯一一件纪念品。

还有一整套史努比的漫画书也被珍藏着,那是儿子小时候我出差从北京给他买的书,也是他打电话跟我要的礼物,更难得的是这套书陪伴了儿子成长的过程。

高三下半学期,儿子学习紧张得很,不问担忧问也担忧,全家人的神经都跟着紧张起来……有一天儿子在学校的出租屋对我说:妈,你把我的史努比连环漫画给我带来吧。我虽不解,但也尊重他的要求给他带来了,于是便看到了这样的镜头:孩子一回来就沉浸在漫画书里,一个人看看笑笑,我不禁愠怒地向他爸抱怨:这都啥时候了,还有闲心看漫画?!谁知他爸得意地说:"这是好事!"我更来气了:"这咋能是好事?你们俩敢情是合起来气我?"爱人说:"他这样能缓解压力。这多好呀,你该高兴。"高考分数下来,儿子发挥基本正常,史努比陪伴儿子走过了人生一段重要的路程。

很多时候,我们珍藏一件物品,未必是因为这物品有多值钱,或有多少升值空间,而是珍藏了凝结在这物品上的一种情怀,或是一个人,或是一段情、一份难忘的记忆……而这些是无价的,这些才是生命中的宝贝。

幸福密码

打开微信,就看到了她发的妙文美图:“嘚瑟一下:红薯放久了,生出了嫩芽,那就当个小盆景吧。好看。”不忘放上两个表情:两个红扑扑微笑的小脸蛋,并配有图片佐证:一个可爱的玩具狗,瞪圆了双眼盯着一个洁白的瓷盆子(家用盛菜的那种),盆子里一汪清水,水中央宛然耸立一红色尖尖的山岗,山尖上斜伸一虬枝,俨然一棵枝叶繁茂的迎客松……一看就让人喜欢。小山是除去大部分的红薯头儿,迎客松是红薯长出的嫩芽,但让她稍加整理,就变成了有形有韵的美丽盆景,兰心蕙质让人称奇。我拿给爱人看:这创意帅不帅?他看了说:是雪岭吧?我说:除了她,还有谁这么文艺、这么有才?

她会从数千里之外的演唱会现场给你打电话,为了让你听听她喜欢的歌星的演唱,全然不顾高昂的长途话费。有一次,她送我一整套经典英文原唱的CD,可惜我一首也听不懂,一直束之高阁,但我一想到她在首都图书大厦如林的书架前细细为我挑选CD的场景,便不觉莞尔。

她也是多年来唯一一个无论贫富贵贱、无论咫尺天涯坚持给我寄书看,让我和她一起分享读书快乐的人。上大学时一介穷书生给我寄书，从省城再到京城工作了也还不忘给我寄书；自己忙不开时，连老公都发动起来了。一次快递公司通知我取邮件，让单位一小姑娘去了，小姑娘打回电话说是一大箱书，地址也陌生。我心疑是先邮书后索钱的那种推销，便坚定地“指示”：退回去！小姑娘很负责，打了邮件上留的电话后告诉我：“是你同学的老公给你邮的，不要钱！”那个同学就是雪岭，她当然挨我一顿好吵：“你也不提前说一下，让我在你老公面前出洋相！”电话那头，她还要赖：“我咋不知道？你自己的形象，干吗不注意好好珍惜？”

她喜欢台湾作家龙应台，便寄书过来极力推荐，搞得我也迷上了龙应台，一见龙应台的书就买。她喜欢丰子恺的漫画，买了整套丰子恺的漫画书寄给我。上次休假回南召，人没回来短信已回来了：“你一定会惊喜！”原来，除了带回一堆书，她还带给我一个百年版步摇金属书签，以国家博物馆珍藏的“马头鹿角形金步摇”为元素制作的，精美绝伦，那应该算是工艺品了，标价40元。她是懂我的，我喜欢得舍不得当书签用，便放在床头柜上时不时把玩。

我接受着她的馈赠，欣赏着她的优雅，分享着她的心情，总有恒久的温情和快慰从心头升起，难得的是她那种少年一般的心境，那么纯真美好，那么率性阳光……好像在她的世界里永远都是阳光灿烂、诗意和美好！而这种美好，她毫无保留地让她亲近的人都受到感染！情人节正无聊，她发来一幅手指画，两个手指上寥寥数笔勾勒出一对相拥相依的人儿，让人心生欢喜。紧张的生活节奏中，她仍不忘对一个好天气进行赞美：“哇噻，好天。晨曦，自家阳台，慌慌张张来一张。慌慌张张赶紧上班去。美好一天开始！”当然配有美图。

很多人觉得钱多才是幸福，可身为高级白领的她是这样的：“星期天，逛家门口的玉渊潭早市。买了一双碎花布鞋10元。发卡，5毛。才5毛啊！穿上小花鞋，陪小懒散步，超级轻便舒服。小懒看我神采飞扬的样子，说：妈妈，是不是逛早市的时候，就觉得自己特别特别特别特别有钱，然后就觉得自己的日子特别特别特别特别幸福？……”

“周末，闲，想起小时候玩的沙包，碎花布做一个，权作如意包，挂在门上，上看下看、左看右看、前看后看、远看近看，好看！”也配有图片佐证。

生活中遇到一位有情趣的人，真是太幸运了，她让平淡的日子鸟语花香、诗意盎然。我感到她的幸福就要滴出水了，并且也让我分享了无数幸福，跟着快乐。她让我明白：幸福其实很简单很普通，人人拥有。幸福与金钱、物质关系不大，幸福更多地来源于生活中那些看似无用的东西，如浪漫诗意的情怀，对于物质来说它不会增值，但它是为生命增值加分的。一句嘉言、一个善意的微笑，于事无补，但却给生命带来春风化雨般的奇功异效。一个有情趣的人，是善于发现和创造生活美好的人，也是掌握着幸福密码的人。她就是一个掌握着幸福密码的人！顺带说一下，小懒是她的宠物狗，当初她在电话中一句一个我家小懒时，我还以为是她亲戚呢！

英雄的孤独

我丈夫的大舅是抗美援朝中的战斗英雄，多次立过战功，最英勇的一次是头部中弹脑壳被掀掉了鸡蛋大一块，可清晰地看到颅内的脑浆，昏迷了四天四夜才被抢救过来。

可令人们不解的是：他在部队上立功转干载誉归来，却坚持要回老家落地生根、娶妻生子。当儿女们埋怨他当初的选择时，做了一辈子农民的他总是一句话：你们知道个啥？和我战场上死去的战友们比，我是很幸运的。

前年，他80岁上故去，弥留之际还不忘艰难地拿出枕头下的党费证和自己平日积蓄的二百多元钱交给儿子，儿子说：我明白，您是要我把这钱全部交党费，我照办就是。老人这才了无牵挂地合上了眼睛……

老人我是熟识的，在我的印象中，他就是个不爱多说话、爱娇惯孙子的普通老人，丝毫看不出英雄人物叱咤风云的气度。只是在老人的追悼会上，听着老人的生平和故事，我才在一瞬间感悟到了英雄人物的伟大：在他的身上，从来没有过对命运的怨艾，相反，他用坚守了一生的信念和奉献把感恩的花铺满在来去的路上，芬芳和美丽着生命的华章。我很后悔自己为什么没有在他活着的时候发现他的伟岸，从而给予他一个英雄应得的尊崇呢？大舅是一个逝去的孤独的英雄，因为即使他的亲人也没有走进过他的内心。

我还听到过一个现代版的英雄故事。一个从小就崇拜英雄的家乡青年，从一所名牌大学毕业后，放弃了已获得的研究生深造的机会，不顾女友的眼泪，报名到贵州最贫穷的深山区去支教。

如今他在那里支教已经两年，一个学校就他和一位老教师。一个月的工资五百余元，还是县政府特批的。他还要用这点钱“喂养”学生。他向山区奉献了他所能奉献的一切，可他却无法面对和回报家中羸弱的双亲；春节，他甚至连探家的路费都凑不齐。他像一条孤独无助的鱼干涸在了那个贫瘠的山村中，节日里他回复远方朋友祝福的短信只有两个字：“孤独。”

这个故事让人想落泪。我们常常感叹当下缺少英雄，可是英雄就在我们的身边，我们却常常视而不见。可见，不是这个时代缺乏英雄，而是我们缺少发现英雄的眼睛。英雄是一个时代的标志，是人类的脊梁，抒写着一个社会人类精神的峰巅。英雄可以是孤独的，但决不能让这份孤独变为绝望，英雄的孤独一旦成为绝望，那一定是这个社会出了毛病。

五角钱换来的珍宝

朋友给了我一个治白发脱发的单方，据说很有效，我很是欢欣鼓舞了几日，甚至幻想自己的青丝像茂盛的青草，拔也拔不掉，省得我整天和成龙代言的“霸王育发防脱洗发液”较劲。但制药的过程特麻烦，要先抓了中药来煎，再用煎好的中药汤剂煮黑豆，黑豆还不能是量贩里卖的那种，要药黑豆。等汤剂熬干，起出黑豆晾干，“制药”才算完成，然后是日服用黑豆数次，三服药是一个疗程。我觉得这不像是治病，而是对人细心和毅力的考验。

应同事的请求，将这个单方抄给了同样为白发脱发而烦恼的她，不想只隔了数日，她已经在办公室吃起了黑豆，我很惊讶：她最少需要一周来完成这项“制药工程”！她说她是在当地的仲景堂加工的，我一听就嚷嚷：“你咋能相信他们？他们不会偷工减料，或者马马虎虎糊弄你吗？”我的担心实在有太多真实的佐证了：有邻居去某某大药店买何首乌，回家炮制后才发现是红薯干，他回头去找说要真的何首乌，对方将药柜翻了一通后竟面不改色地说：“等有真货后再和你联系吧。”还有医院总是将你最贵的药少给，一次感冒医生动辄开出数百元的药，等等。“医者有割股之心”，人们历来对医者充满了神圣的崇敬之心，经历了太多的欺骗和愚弄后，善良的人们不得不对医生的医德产生质疑，对诚信为本的信念产生了动摇。她笑了："他们不会的。"我追问："你肯定？"她很明确地回答："我肯定。"然后，她给我讲了一则故事。

她的父亲早几年不幸患了癌症，发现时已是晚期，医生开的药中有一味，她跑了几家医院都没有找到，焦急忧愁痛苦，她就差给人下跪了，还是一位相识的人指点她："你要的药是专治少数癌症的，不常用。你去仲景堂看看吧，兴许那里有。"到仲景堂一看，她的心先就凉了半截，那实际上也就是一个两间门脸的诊所，一位年轻的姑娘既当司药又是护士，一个老先生坐堂，这里会有她要的"金贵药"？她将自己需要的药告诉那位姑娘，姑娘想了一下，抬起一张灿烂的笑脸说："我们也没有，不过，我会给你想办法。"她将自己的电话号码留了下来。没想到，第二天上午姑娘就打电话让她去拿药。

原来仲景堂连夜从外地为她调回了这味药，更让她惊讶的是，结账时，她原以为弥足贵重的药，两服药姑娘却只收了她一元钱，也就是说一服药只要五角钱。她说那一刻只能用"震撼"来形容她内心的感受，她想多留点钱略表感激之情，可姑娘坚辞不收，姑娘把她推出了药店的门说："家里躺着病人，你赶快回家煎药吧。"那味药她只拿了那一次，因为她的父亲很快就离开了人世。但从那以后，只要是拿药，她想都不想就去仲景堂，连医保卡也不再用了。

五角钱在当下能买到什么？应该说连一根冰棒也买不到。有很多次，我看到五角钱的硬币掉在地上，人们甚至懒得弯腰去捡，而仲景堂却用五角钱的买卖换来了同事珍贵的情感——信任。这信任的基础是真诚和善良，是质朴无华的人性美好情感的自然展示，它已经超越了金钱所能衡量的尺度，这无疑是现代版的格林童话。在世风日下、充斥着铜臭和媚俗的当下，真诚的信赖无疑是人人都向往和寻觅的无价之宝,是金钱所买不到的珍宝。

　　而我相信这份诚信的光芒照亮的不仅是同事的心田,因为,我已经决定:明天我也去仲景堂配药。

小脚丫与誓不低头

我小时还是计划经济时代，在家乡的小城中，几乎所有的生意都是国营的，而那店铺的名称几乎也都是一个模式：卖肉、蛋的是国营食品公司，卖糖、烟、酒的则叫国营副食品公司，卖菜的是国营蔬菜公司……而它们在小城的分点，无一例外地都叫“××公司第一门市部、第二门市部，国营一食堂，国营一旅社”等。此外便是“第一供销社”“第二供销社”了，供销社当然是集体企业，难得有私人的生意。那时，提倡割资本主义尾巴，记得隔三岔五总有市管会的人，在晚上将几个偷卖焦花生的生意人撵得满街窜逃。总会有人倒霉，于是秤被没收了，焦花生被市管会的人强制低价拍卖。那卖焦花生的人一脸的愁苦相，让人记忆很深。

改革开放后，个体私营经济蓬勃发展起来，国营的很多生意也实行了改制，上个世纪 80 年代开始，那些蔬菜公司第一门市部等便渐渐从人们的视野淡出，代之而起的是街头的菜摊小贩自信而响亮的吆喝声，后来国营一食堂等也被一家家特色餐馆、扯面馆、快餐店所淹没。可能是刚刚拥有和经营了自己生意的缘故，那时的店铺，一色地强调自己的主人角色，多是“李军扯面馆”“王记烩面”“张家旅馆”之类的店名，顶多会有“八一”“向阳”“红旗”之类带有红色印记的店名，还打着政治的烙印。

小城像一面镜子，从这里能看到中国社会发展的历史，而店铺的名称更是无不打上时代的烙印，反映着每个时代小城中人们的审美标准、文化素养、传统的文化积淀、现代意识、思想烙印和商家气度。

到 20 世纪末，很多店名明显地寄托着店家美好的个人心愿：“顺达”“昌盛”“茂祥”。这些店名代表的文化底蕴不足，多少带点在商言利的俗气。

进入 21 世纪后，千军万马皆言商，各路人马各显神通，各展其能，让人眼花缭乱。

漫步在小城的街道上，店铺林立，商家云集，个体经济的发展成为这个小山城一道亮丽的风景。在小城中，除了县委招待所即南召宾馆，上档次的酒楼全部是私人生意。会仙园大酒店强调着传统、典雅，东方大酒店带着一种豪气，紫金大酒店侧重富丽、厚重。

一日，看到一个名为“小脚丫”的店铺，很为之心动。这是一家卖童鞋的，起名为“小脚丫”既形象生动又亲切可爱，表现了商家很高的文化涵养。看到这样的店名，真的好想自己有一个小孩子，带着来挑一双美丽的童鞋，最好是一个女童，伸出凤仙花染过脚指甲的小脚，坐在店铺前细细试过，那该是一幅多么赏心悦目的图画！

“特香包”“馋嘴鸭”店名也很不错，一看店名，便有一种闻香而至的冲动。

那些卖女性饰物的小店铺也很可爱，“十全饰美”要打动的是女性唯美的情怀，但这样的店名称不上最佳，因为有误导大众认同错别字之憾；“跳跳鱼”突出的是活泼可爱，“星星屋”要的是“星光灿烂”的浪漫情愫。风格虽不同，却都给人留下了深刻的印象。

“天天休闲服饰”让人想到的是自由和闲适潇洒，“古惑仔”关照的则是年轻人爱酷而又个性十足的内心，“衣媚尔服饰”“粉红女郎”

肯定是将靓丽青春的女孩子圈进了自己的顾客圈，“贵夫人”则吸引着中年女性的目光，“东方服饰大厦”一看就知道是小城服装界的老大了，“紫藤谷”则让人想起山野的自然和烂漫。

在我看来，小城中最可爱的店铺名称是那些为孩子服务、卖儿童用品的店铺，什么“漂亮宝贝”“好娃娃”“爱你宝贝”等凸显了儿童活泼可爱的天性，其调皮可爱呼之即出。

那些为女性服务的店铺也没少动脑筋。“花蓉女子”“蓝嘴唇”“红唇族”“冰雪人”等，突出女性的某一特征，让人一见忘不掉，吸引那些爱美爱靓的女性快来这里，多多掏钱。

还有“星光量贩”，让人有明星闪亮登场的联想；而“大众超市”要打动人们的是其平民情结。

“俩姐妹”和“好兄弟”打的是亲情牌，看到这样的店名，一股温馨就会从心底涌起。

在理发业，原以为“剪吧”的名字起得还有点味道，忽一日看到“誓不低头”为名的美发店，不禁为之叫绝，不仅有行业特点，而且引人深思，又带出了一种鹤立鸡群的卓异味道，很是不俗。

“金阳光摄影工作室”一看店名，就让人有阳光快乐的感觉。而最让人喜欢的店名是“良缘喜铺”，充满了喜庆和欢乐，是一家专门经营新人婚庆用品的商店。

小城的店名真的是令人眼花缭乱，目不暇接。当然还有许多直接以品牌名做店名的，我感觉这些店铺带有一种强劲的自信和骄傲。

也见过用英文做店名的，便闪过一丝惊讶：难道要在这样的小山城将外国人定位为自己的顾客吗？

记得第一次看到“晨光烧饼”的店名，很是感动，一个烧饼店居然也为自己起了名字，真是出人意料，想都没想，就跑到那家店铺，大声地对人家说：“每样烧饼来两个。”结果拎回家一大袋子烧饼，全家人吃了好几天。

在速朽的年代里，把根留住

早饭时，觉得今天的炒豆腐特好吃。一问，豆腐是在卖小豆芽的那家买的，采用传统方法点卤加工而成。我说，记住回家时给咱妈也买点。他说，早买了，咱妈也说好吃。

现代的人，真是越来越聪明，点子越来越稠，发明的东西越来越多，自己吃的东西也不放过，加这添那的，让人不知道该吃啥好。小民百姓想吃个原生态的豆芽几乎都成了奢侈的事。

在我生活的小山城，有一位在公疗拐口卖豆芽的。他卖两种豆芽：一种是采用现代技术生产的豆芽；一种是用传统的方法生产的什么也不添加的豆芽，这样的豆芽又小又瘦，我们俗称小豆芽。他的小豆芽比胖豆芽售价贵一半，但他的小豆芽常常需要一早就去买，去晚了就买不到了。近年他又推出了用传统方法生产的豆腐，很多人都是舍近求远专程去买，只为买个好吃和放心。

这勾起了我中秋节买月饼的记忆。前两年外甥女喜欢当地李家生产的传统五仁月饼，年年都买来让我们品尝，有时还是刚出炉热乎乎的。原以为现在都是这蓉那沙的，谁会喜欢这土儿吧叽的东西？谁知，一吃却上了瘾。山里人实在，花生仁、芝麻、核桃仁个个子粒饱满，冰糖、蓉丝货真纯正，一看就知道原料用的是上等品，那种香酥不腻的感觉，真是原生态的醇香、清新、甜美的感官享受。今年离中秋节还远时，从李家门前走过，闻香而入顺道买了月饼，送回娘家、婆家，大家都说好吃。中秋节前提前两天去买，发现屋里坐满了人，院里也站满了人，买个月饼竟需要按号排队且已排了一百多号。我只好失望而归。后来听邻居讲，李家的月饼在中秋节前一周，都是拿了号三天后才能轮到的。这样的销售盛况着实让我吃惊，据说李家的月饼一直如此好卖，原因是坚守传统，货真价实。两块五一个月饼，多年来，从不乱涨价。李家是祖传工艺，没有做过其他生意，也没有门店，家庭作坊式的经营，却有着良好的口碑。

坚守传统，货真价实。这样朴素的经营之道是每一个在商的人都明白的，但是，现实中能够实践并坚持几十年如一日的却不多。

在大数据的时代，人是匆忙的，而产品的更新换代，用传统的日新月异的概念来形容似乎已远远不够了。这是个追求速度的年代，也是个速朽的年代。但是，我们真的需要这么快的生活节奏、这么多的发明和永无止境的探索吗?！也许我们需要，但探索一旦成了掠夺，就变成了可怕的事情，而先进的技术一旦成为贪婪的助推剂，这些现代化技术对人类的伤害便成了灭顶之灾，诸如这精那剂的，便是明证。

在台湾作家龙应台的眼中，“传统不是怀旧的情绪，传统是生存的必要”，“先进国家的‘现代化’是手段，保护传统是目的……越先进的国家，越有能力保护自己的传统；传统保护得越好，对自己越有信心。越落后的国家，传统的流失或支离破碎就越厉害，对自己的定位与前景越是手足无措，进退失据”。这真是让人拍案叫绝的见地。南怀瑾先生有句话也让人振聋发聩：“一个国家，一个民族，亡国都不怕，最可怕的是一个国家和民族自己的根本文化亡掉了，这就会沦为万劫不复，永远不会翻身。”

传统是生存的需要，是安身立命之基，是中华民族沉淀数千年、世代传承的崇尚善良美好、诚实互信、博爱公正的精神之根。在善变的时代里，我们需要观念更新、呼唤技术创新，但在很多领域里，我们更需要的是坚守，例如文化、传统工艺包括城市的建筑，等等。坚守传统就是坚守信仰，留住我们精神的根。坚守传统，就需要我们对自己有强大的自信，有“任尔东西南北风”的勇气和定力，更需要内心深沉、博大、坚定信仰的支撑。

值得欣慰的是，在我生活的小山城里，还能看到那些坚守传统、被人称道的人。如老街拐角摆摊卖手工馍的。他坚持手工制作、用柴火锅蒸馍，那些馍都带着金灿灿的馍馇结……他每天一摆摊出来几乎都是被等待的人一抢而光。他的馍卖光了，周围其他的馍摊上才开始有生意。还有建设局楼下日日不变的玉米糁煮芝麻叶稀饭……

我觉得自己很幸运，身边能有这些传统相伴，好像一些亲切、温暖的东西离自己并不遥远。为此，我由衷地向这些坚守传统之美的普通人致敬，尽管我连他们姓什么都不知道。

这些牛人到底牛在何处

看过有关戏剧大师梅兰芳的传记,给我的印象是:梅兰芳的唱、念、做、打,无不精湛,居“四大名旦”之首当之无愧。但让不懂戏曲的我真正感动的是作为旦角的梅兰芳8年的蓄胡须经历,这8年是日军入侵中华大地的8年。为了不为侵略者唱戏,他从上海逃到香港,香港沦陷后,为了拒绝日军庆祝“大东亚圣战”的邀请,梅兰芳不惜自伤身体打伤寒预防针让自己发高烧;生活拮据,他不得不靠卖画度日,但又遭到日军破坏,他退而宁可卖房度日,也决不在侵略者的刺刀下登台。这等于一个艺术家自己宣告艺术生命的终结,该需要怎样的勇气和决心?!直到日军投降,他才再一次焕发艺术的青春。得到抗战胜利的消息,当天他就剃了胡须,高兴地向大家宣布:“胜利了,我该登台演出了。”人们敬重他崇拜他,也许更多源自他的人格力量、民族气节。

无独有偶,看豫剧大师常香玉的成长历程也有同样的感慨。1950年,战争的烽火燃烧在鸭绿江畔,富有爱国心的常香玉和丈夫一起将《木兰从军》改编为《花木兰》,“刘大哥讲话理太偏,谁说女子不如男”,伴随着“抗美援朝,保家卫国”的全民呼声传唱大江南北,激励着全国人民抗美援朝的志气。不仅如此,她还带领香玉剧社开展全国义演，为志愿军捐赠了一架战斗机。1953 年 3 月，常香玉又率团奔赴朝鲜战场慰问演出，她用实际行动积极投身争取民族尊严、自由、幸福的伟大行列中。

这些艺术家的伟岸之处在于：他们把自己的命运和祖国的命运紧紧联系在一起，他们的人格超拔于世俗名利的羁绊，超拔于自我的狗苟蝇营，所以，国家不会忘记他们，人民不会忘记他们。

中国的艺术有个显著的特点，那就是中国的艺术评判包括老百姓对艺术的审美趋向，向来讲究的不是纯艺术，而是与人的道德操守紧密相关的。只有德艺双馨的艺术家才能受到人们的尊崇。

宋代蔡京的书法姿态豪健、酣畅淋漓，有“冠绝古今，鲜有俦匹”之称，位列“苏、黄、米、蔡”四大家，但因其是著名奸相，其卑劣行径使北宋政治腐败到了极点，老百姓恨之入骨，便用比他书法逊色得多的蔡襄取代他，硬生生把他踢出了“四大家”之列。据说秦桧的书法水平也很高，宋体就是秦桧的发明，也可称为一绝了，但是人们对他的书法没有给予太多的抬举，我想那也是因为其人格的低劣。

即使你才博如海、权重如山，一旦大德有亏，危害国家人民，艺术成就再高，纵使天下第一，也仍会为人们所不齿，这就是中国人的艺术，这就是中国的艺术审美情趣。

杜甫《茅屋为秋风所破歌》里，自家房顶的茅草被秋风掀翻，被窝冷得像铁，雨滴在床头……如此惨状中，他还想到“安得广厦千万间，大庇天下寒士俱欢颜……吾庐独破受冻死亦足”，诗中的悲悯情怀，影响和感动着世世代代的人。范仲淹的《岳阳楼记》名冠天下，虽因文采飞扬、气势恢宏而著称，但是若无“先天下之忧而忧，后天下之乐而乐”的精神高度，未必能够成为文学史上的一座高峰，千百年来为世人所传唱吟诵……

文学艺术发展到今天，百花齐放也好百家争鸣也罢，无论如何变迁创新，有一点大家是有共识的，那就是：文品画品书品说到底，其最终的高度决定于人品的高度,这应是千古不移的真理。从这个意义上说,大家之大、牛人之牛,决胜在境界和人品上。

而这道理岂止仅适用于文学艺术?我想,它应该适用于任何人任何事任何领域。所以想要成事,先要从做人开始;欲成文,先从立德论。

没有宽恕就没有未来

“文革”时，有个18岁的大学生因犯反革命罪被执行了死刑。那个孩子一表人才，可惜了。2014年底，我80岁的老母亲生病住院，没少听她躺在病床上的回忆。她说，那天，她参加了公审大会，还看了对这个年轻大学生的死刑执行。在她的回忆中最多的是让她感恩的人和事，时间过去了半个世纪，母亲对一个陌生人这样难以释怀，我想那是因为深深的痛惜……这世上，有什么比生命更为珍贵的呢？又有什么比生命的逝去更让人痛心的呢？

梁鸿的《中国在梁庄》记载了一个案件：一个18岁的高中生杀害并强奸了82岁的老太。她是这样写的：

> 铁栅门打开，一个少年从门里走出来，戴着手铐，单薄、瘦弱。他看了我一眼，那眼神里面似乎没什么感情。他坐到对面的凳子上，又看了我一眼，但很快低下头去。那是怎样的眼神呢？害羞？寂寞？绝望？我说不清楚，但可以肯定的是，站在我面前的这个少年——或者，已经是青年了，却仍然是一张少年的脸，连胡髭都没有——还是一个孩子，一个单纯、善良、内向的孩子。甚至，还有些教养。

我忽然无法张口，眼泪模糊了我的双眼。回到村庄那么久，听了那么多悲痛的故事，我都没有哭出来，可是，在面对一个杀人犯时，我一下子崩溃了。看着他，一切的原因都不是原因，而所有不是原因的因素又组合成了最终的悲剧。我无法想象他挥动着锄头、砖头杀人的场景，那样的残忍和眼前这个少年完全不符合。

我又能问些什么呢？一切的询问都是苍白的。谁能弄清楚那一个个寂寞的夜晚在少年心里郁结下怎样的阴暗？谁又能明白那一天天没有爱的日子汇集成怎样的呐喊？而又有谁去关注一个少年最初的性冲动？我该以什么样的情绪去面对他呢？我不清楚，我很迷惑。同情？愤怒？心痛？当面对这样一个罪犯时，这些都是太过简单的词语。

2009 年 4 月，终审判决书下来，王家少年因故意杀人罪被判处死刑，剥夺政治权利终身。

虽然她知道她面对的是一个强奸杀人犯，可是当她面对一个年轻的生命时，心中依然是痛苦纠结的，她的痛苦纠结源自内心深处对生命的一种悲悯和痛惜……

梁鸿的痛苦，我能理解，因为当我看到新闻上报道的药家鑫被判死刑、林森浩被判死刑的消息时，我有她那样的痛苦和纠结。并不是说审判有误，而是，面对这些年轻鲜活的生命，他们还没有踏上社会一步，除了死刑审判，我们难道就没有其他的办法了吗？我们该不该给他们一个机会，有没有责任给出一条生路，让他们重新做人呢？

我知道这很难，这不仅是立法司法的问题，更主要的是人们的思想观念问题。因为中国传统的教育，大家一直以来接受的观念就是“杀人偿命，欠账还钱”。可从现在普遍的社会价值取向来看，这种传统“杀人偿命”的报复心理，形成了中国民众对死刑的盲目崇拜，在对待违法犯罪问题上，似乎有种趋严的心理。

而刑罚除了惩罚功能，一个主要的目的是教育，而一杀了之实在是太省事太不负责的教育，这在另一方面也暴露出我们立法司法理念的简单、粗暴和无能。

西南政法大学教授韦锋表示，中国目前的刑事政策有矛盾之处，一方面认为罪犯是可以改造的，另一方面却又不断处决恶人而不给改造机会。因为，我们没有终身监禁的刑罚。

这在西方国家好像不是什么问题，西方很多国家都已废除了死刑，文学作品中这样的观念也常有体现，如雨果《悲惨世界》里米里哀主教对冉·阿让偷窃行为的宽恕和冉·阿让以后对警长沙维的宽恕，《蜘蛛侠3》里皮特奶奶对杀死其丈夫的罪犯的宽恕。但那毕竟是文学作品中的形象，在现实中总缺乏说服力。

直到我看到《一个叫宽恕的小镇》，曾任台湾“清华大学”代校长的李家同讲过这样一个故事。

他去非洲旅行，很多人介绍他去一个小镇。人们叫这个小镇K.S.，在小镇上，饭店叫作East K.S.，咖啡馆叫作K.S.Cafe，诊所就叫K.S.诊所……后来，他终于知道为什么这个地方到处都叫K.S.。

很多年前，有一个来自台湾的年轻人到这个小镇做义工。这位年轻人是工学院学生，设法从台湾运来机械，并教会当地学生使用。他尽力让自己的生活与当地人一样，但大家仍然知道他是那里最富有的人，他有计算机，有手机、电子照相机，他也捐了好多视听器材给学校，这些器材都是当地学校买不起的。

当地治安不好，校长担心他会被抢，就叫他住进学校里去。可是，有一天，还是有歹徒进入了他住的地方，洗劫一空，还杀害了他，直到第二天早上才被发现，警察来了，也查不出所以然来。

年轻人的家属来了，小镇上的人也都来了，人们为这个年轻人举行了葬礼。在葬礼弥撒结束的时候，年轻人的爸爸向大家讲话。他说他的儿子在一个多月以前有一点奇怪的感觉，认为可能会有人要来抢他的财物，而且他也极有可能丧失生命，所以他写了一封信给父母，请他们有所准备，万一他在非洲去世，他们一定要原谅杀害他的人。他们如果不是如此贫困，绝对不会沦为盗匪的。

年轻人除了要求他的父母心中不要有仇恨以外，还要求他的父母做一件事。他认为非洲最缺乏的基础设施是灌溉系统，希望父亲能够出一笔钱来替这个小镇建造一个灌溉系统。他跟小镇的官员谈过，但是一直苦于没有经费；他也希望父亲替小镇种植一片防风林，以防止小镇的沙漠化。

这位悲痛的父亲最后承诺，一定会完成儿子的遗愿。而最令大家吃惊的是，他还展示了一幅中国的字画，上面写了两个中国字，小镇的居民完全看不懂。他解释说，这两个字是“宽恕”，他要将这一幅字送给儿子服务的学校。

这幅字后来一直挂在校长室里面，但是大家都不会念。后来有一位老师说，我们就用 K.S.来念这两个字吧。从此，这所高中改名为 K.S.高中，而这所高中所在的街道也改名为 K.S.街，小镇唯一的诊所改名为 K.S.诊所……

年轻人的墓地上，有一块铜牌，上面刻着 K.S.两个字，没有死者名字，也没有生卒年月。据说，这是年轻人父母的愿望，他们希望大家永远记得的是他们的儿子有宽恕的美德。

小镇居民并不知道年轻人何时出生，但是都记得他是哪一天去世的。每年的这一天，年轻人的墓地上都放满了鲜花。

南非总统曼德拉曾经在狱中度过了 27 年，在被关押的 27 年中他受尽虐待。曼德拉在狱中失去了流泪能力，他却让整个非洲学会了宽容。他就任总统时，邀请了三名曾虐待过他的看守到场。当曼德拉起身恭敬地向看守致敬时，在场所有人乃至整个世界都静了下来。他说：“当我走出囚室迈向通往自由的监狱大门时，我已经清楚，自己若不能把痛苦与怨恨留在身后，那么其实我仍在狱中。”

《时代周刊》认为曼德拉是这个世界上“最接近圣人”的人，宽恕是曼德拉身上的一个醒目标签。2009 年,联大通过决议,将每年 7 月 18 日曼德拉的生日定为“曼德拉日”,联合国秘书长潘基文说,曼德拉是联合国最高价值的鲜活体现,他满怀决心地致力于建造一个民主、多种族共存的南非,他坚定不移地追求正义,他甘愿与迫害他最严重的人们和解,他是世界公民的典范。

人们怀念他尊崇他,不仅仅是因为他是新南非的国父,更是因为他是信仰、宽容、仁慈的化身……他是一个在仇恨孳生的年代里瓦解仇恨、带领人民走向和解的人。

有人曾戏言,如果曼德拉不在南非,就不会有圣人曼德拉的产生,因为南非没有死刑。

宽恕极其稀缺,无论在哪个时代都是珍贵品质。正如曼德拉所说,生活在痛苦和怨恨之中,其实仍在狱中,无论你身在何处,心都在炼狱之中。

佛教有“放下屠刀,立地成佛”的说法,那是针对犯有恶行的人而言的;我认为,面对伤害,能够放下仇恨,放眼未来,表现出宽恕和慈悲,更应该是佛或接近佛的境界吧!

孤独的鱼

在水族馆的一隅,有一条鱼,那条鱼是孤独的。

一条叫不上名字的鱼被一堵薄薄的玻璃墙隔在了一个角落,而玻璃墙的那边就有一群和它长得一模一样的兄弟姐妹,而墙的这边,它却是唯一的。没有水草,除了水中的细菌时时露出白森森的牙,时刻想在这唯一存活的生命上找到下口的地方,繁衍自己的族群外,没有别的生物,面对它的只是两块没有生命的冰冷的石头。

我看它的第一眼,便被它的孤独所震撼。孤独对于白痴来说并不可怕,孤独于他们是一种解放。而对那些有思想的生命来说,孤独是可怕的,它会像瘟疫一样侵蚀掉一个生命的肉体和灵魂,使之疯掉或成为一具风化的木乃伊。

而这条孤独的鱼,是有思想的。从它的眼睛中,我看到了痛苦、郁闷甚至愤怒。

它在一个大家族中出生,它的兄弟姐妹数以百万,浩瀚无垠的海洋是它的家。它有过快乐而无拘无束的童年和少年时期,大海记录过它的笑声和纯真。它长大了,长成了一个美丽的公主,那些年轻的鱼王子围着它有献不完的殷勤,它很快乐:长大真好!但它不知道灾难正张着大网从它的身后狞笑着走近，它一头撞进了网中……

捕到它的是一张年轻而英俊的脸，不像它素日看到的牙被烟熏得黄黑、脸被海风刮得粗糙而坚硬的那种人。这张脸上的双眸，是那样的清亮和惊喜，竟让它有了一丝温柔涌上心头，它原谅了这个渔民，尽管它已是他的猎物。而这双年轻的手也没有像屠宰沙丁鱼那样屠宰它，它甚至已在想象着自己被他温暖的双手环抱并幸福地献身的悲壮和痴情。然而那双手甚至没有碰它一下，它就被转卖了。

几经颠簸、辗转，它来到了水族馆。但它万万没有想到，在这囚徒般的生活中，虽然这里只有几个它的兄弟姐妹，却赫然分为两派。它不愿追随任何一方的争斗，它笃信在双方之间一定有一个平和而中立的地带，而它就是这个地带。可是这却遭到了双方一致的排斥和攻击，这使它处于一种非常尴尬的境地：虽在兄弟姐妹中，它却是孤独的。

水族馆的工作人员看到了它的孤独，他说，这条鱼有病！于是，它便被隔离了。它不明白：原来孤独也是罪！而它又何尝愿意孤独？

原本它最开心的时刻，是和参观水族馆的孩子们见面。它喜欢每一个来水族馆的孩子。孩子的眼睛里有好奇，有爱怜，有温情，有美的力量，有真情的海洋……它也竭力将自己优美的身躯和游姿呈现给孩子们，它喜欢听他们的欢呼和惊叹，这让它陶醉！

被隔离后，它不再看人们的目光了，包括孩子的，那会让它更多一层痛苦和伤心。那目光里它读到的是厌憎、可怜与不解，它试图进行解释，可是没有人耐心地听完，以后它便缄默了。每天它做得最多的事，便是躲在石头后面，让人们忽视它的存在，它不想让孤独成为一种景观被展览，它自己也缺乏坚守孤独的勇气。它能做的，便是尽量逃出那幸灾乐祸、不怀好意的眼睛。然而，就连这最后的可怜的防御也很快被拿掉了，水族馆的工作人员为识破它的心思而扬扬得意。如今的它真的是无处可躲、无处可藏了！

它的兄弟姐妹就和它一墙之隔,它们很快意,它们胜利了:这个不愿和它们一样的傻子活该有如此的结局!

寂寞如无边的暗夜淹没了它,冷漠如一把锉刀无休无止地锉磨割裂着它的神经。这条孤独的鱼流泪了,人们没有看到鱼的眼泪,它的眼泪通过全身的毛孔静静地流淌着,水,咸了。

我见过人们发明的"懒汉养鱼"。一只只饭碗大小的鱼缸,每只鱼缸里只有一条鱼,那鱼缸就放置在富丽的办公桌上、茶几上。鱼所面对的是白领和金领,气质高雅、仪态不凡、服饰考究,一抬手一举足间皆透着优越感和贵气……曾目睹一妙龄的时尚美女,纤纤素手竟各端一只这样的鱼缸走过春天飘满花香的街区,人们的目光像割倒的麦子成片成片跌落在她的面前……人,应该是这世上最残忍无耻的动物,将欢乐建立在别的生物的痛苦之上,将残缺和孤独视为一种显摆的艺术和美丽!

那一夜,有妖梦入怀。那孤独的鱼纵身一跃,竟跃出了水面,跌落在光滑、冰冷的大理石地板上,我听到了那鱼的笑声。

一条鱼真的会笑!

集体冷漠谁最应该反思

2 岁的小悦悦在街头被车辆两次碾压,而其间过往的 18 人竟无一人过问,让全国人民都在斥责,人们同时也在反思:现代人为什么这么冷漠?而更可怕的是这种冷漠不是个别行为!人们好像是达到了共同的默契而集体冷漠着。小悦悦事件是人人自危、缺乏社会安全感的一种心理折射。而造成这种现象的元凶,我想最重要的是两个方面:道德和法律。

从道德的层面上来说,我觉得纵然有许多因素造成现在道德根基的坍塌,但首先要从官员身上找起,让官员自省。因为官员无疑是公众人物,是引领时代的带头人,是党和国家机关的代言人。官员的言行直接影响着公众的言行,俗话说“上梁不正下梁歪”,社会风气不正的源头应在官员身上。早些时候被媒体关注的某县领导,老百姓跪求其接访达数小时,而该领导丝毫不为所动,足见其定力之高,也可窥见其对百姓的漠视。

我曾听人说过一个很好的比喻:一个单位的党组织是执政党的一个组织细胞,而单位的领导就是这个组织细胞的代表。在中国,我们普通人遇到困难首先想到的是找组织、找领导,因为组织和领导是普通民众的靠山。可是找这个靠山,他若不管,就只能让民众伤心,从而对其失去信任感。

法律工作者也应进行反思。法律是维护政权的国家机器,是维护社会公平正义的最后一道防线。因此司法的导向直接影响着公众对是非、善恶的评判标准。而是非、善恶的评判标准就是道德。《辞海》对“道德”的定义是:“以善恶评价的方式调节人际关系的行为规范和人类自我完善的一种社会价值形态。”《辞海》对“法律”的定义是:“国家制定或认可,并以国家强制力保证其实施的行为规范的总和。”小悦悦事件大家纷纷指出是受“彭宇案”“许云鹤案”的影响,但一些知名的学者却说:“司法不是唤醒良知的灵丹妙药……法治的目的不在于培育人的美德,而在于剔除人的恶性。”这像是在辩解人们的道德缺失与法律毫不沾边。如果我们的法律工作者也持这样的态度,那就很让人担心了。虽然说道德的归道德,法律的归法律,但道德和法律同属上层建筑,只不过道德属于社会意识形态,而法律是与之相适应的制度。正因为这样,道德被认为是人类的自我救赎,而法律是他救。但这二者并不是没有任何联系的,如果不能自救,必然要求他救,他救也无望,那么人类必将陷入无望的绝境中。而现在的情况是,一些学者的论调让我看到了这种危险。

我个人认为法律不是万能的,道德也不是万能的,但道德和法律却有一个共同的社会责任,那就是维护社会的公正、有序发展。法律就是要维护社会公平正义的良俗,我国法律有一条很重要的原则是“公平原则”,这不仅是民法的基本原则,更是一条法律适用原则,是司法原则。由此可见,如果司法活动不符合大众道德的评判标准,那这个法应该不是良法;如果司法活动不能维护公平正义,那就等于掐灭了人们心中本已摇摆不定的那盏明灯,将人们彻底推向了“什么都不信,只能自保”的境地。法律是靠人来执行的。培根说过:“一次不公正的裁判其恶果甚至超过十次犯罪。因为一次犯罪虽然触犯了法律,但只是污染了水流，而不公平的裁判则毁坏了法律，就好比污染了水源。”我个人认为，一次不公正的判决伤害的是所有公正善良的人心，神圣的司法活动无疑扮演了助恶惩善的不光彩角色，颠覆了公众的是非、善恶评判标准。

10月29日，小悦悦在广州火化，一个小生命就这样在我们的眼皮底下以人们都不愿接受的方式离开了我们……如果血的教训能够让所有的人自省和反思，让所有的人勇于承担而不是互相推卸社会责任，那么小悦悦虽然走了，她在天有灵，也一定会含笑的……

文化的疯狗与法律的骗子

对于“疯狗”一词,我特意查了百度,百度的答案如下:疯狗,指有狂犬病的狗,主要表现为举动反常,如不听呼唤,喜藏暗处,出现异嗜,狂暴不安,攻击人畜,常无目的地奔走;亦作骂人的话,喻丧失理智胡作非为的人。

疯狗是可怕的,而疯狗有文化就更可怕。

近年来,在网上微信上发现一类人,平日不怎么样,但凡有大的事件,或名人有所作为,这些人就跑出来了,揭露这个撕开那个的,好像全天下的事都有黑暗的内幕,每个人都有不堪的台下作为。那口气,全天下唯独他是出淤泥而不染的。这类人在我看来,如是普通人,那标准是吃不到葡萄反说葡萄酸的心态;是文化人,充其量就是一条有文化的疯狗。

真正的疯狗是不分青红皂白逮住谁咬谁,而有文化的疯狗是比较有品位的。他知道咬一个捡垃圾的也许连个围观的人都没有,要成名快,要投入最小的成本得到最大的收益,那就要符合两个条件:要么自己是条“名”疯狗,要么咬的人是名人,咬得名头越大,看客越多。因为自己还不是“名”疯狗,那只有选择咬名人这条路了。他们算准了这条路，于是藏在暗处，一旦看准人瞅准时机，便立马跳了出来。于是在名人出书的当口儿、在名人获大奖时、在名嘴从央视退出之际、在名人骂架的战斗中、在美协书协换届的茬口儿上……好像到处都能看到他们的身影。而且，也确实有那么一两个人靠咬名人而出名，于是一些眼热的便很快成长起来了……

人之罪过莫过于摧毁别人心目中的信仰。而这些人要做的事就是千方百计打碎别人心中的偶像，掀翻大众心中的圣坛，幻想着一切都摧毁后就会供奉他了。即使不供奉他，但一定会让大众记得他，记得的人多了，他的目的也达到了，出名了呗。

前天在法律读库看到了头条文章《官员通奸可考虑入罪》，作者赵进华博士从近几年来中纪委对违纪官员通报中“与他人通奸”的措辞渐多受到启发，主张借鉴古代做法，将通奸纳入刑事制裁体制，以霹雳手段换得风清气正，并大篇幅引用了东汉、北齐、唐、金、清等封建朝代的法典或案例。

大数据时代，观点多元，学术讨论正反都可以说，什么奇葩的事都可以有，原没有什么可失惊打怪的，但是一篇文章，能在网络时代获得几乎一致的不赞同的评论，实在难得。而更让我不解的是赵博士的态度。赵博士在评论回复中检讨说，因观点涉嫌“逆历史潮流而动”，加之思虑不周，行文不谨，引起了朋友们的一些误读，以至于拿其学历和工作说事儿。不过，思忖再三，赵博士还是想坚持观点（尽管这种观点注定了不受人待见，特别是不受“法律人”的待见）。坚持的原因，赵博士说，一方面是出于对学术多元的憧憬，因为坚信学术独立发声和自由讨论会给大众带来无尽的裨益，另一方面也多少源于对自身观点的“理论自信”。

虽然赵博士一直在叫屈，好像大家不该拿他的学历来说事，但我觉得大家之所以反应这么大，还真跟他的学历有关。撇开大家质问赵博士是不是“官太”派来的救兵等问题不论，仅从上面的摘要就可以看出来,既然承认自己的观点涉嫌“逆历史潮流而动”,那又何来“理论自信”呢?这么简单的逻辑混乱命题,博士居然可以拿出手,还一再申明要坚持自身的观点,难怪大家要拿博士来说事儿了。

据说这个博士还在大学里任教,我终于明白为什么法律近年来日益不受人待见的原因了。法律博士,那是法律界顶层的精英,是我们普通法律人仰望的星星,法律的精英就这样的素质,在一片骂声中还能坚持“理论自信”,还能在21世纪里开历史的倒车、捡拾封建专制酷吏的牙慧,这不是读书读呆了读神经了的话,那就只剩下另外一种解释:骗子!

文化的疯狗加上法律的骗子,让人感觉到这朗朗世界可以穿越,穿越到汉、唐时代。问题是人偶尔做做梦可以,但还是要活在当下,法律是要解决现实中其他手段不能解决的人的现实问题的,而且适应人类社会的发展,法律的手段应该越来越观照人心、解决人性更深层的问题,如果法律不能运用正确的手段解决现实的问题,那法律存在的意义就值得考虑了。

也是前两天,在微信朋友圈看到一篇文章《刘虎,你几斤几两自己不清楚吗?》,文章主要是针对近日记者刘虎被存疑不起诉后四处发声接受采访,将自己打扮得跟英雄似的,还要求国家赔偿种种作为的评论。我以为那是个法律人写的,谁知微信上说是无名氏之作,而且文章作者也声明自己不是学法律出身。但文章无论是对现实的观照、人性的批驳,还是对法律的解读,都酣畅淋漓犀利精准,那种担当的精神更是让人感慨。

再看看赵博士,禁不住想,现在的事,让如我般的草根民众真是越来越看不懂了:不是学法律出身的人,可以为法律呐喊撑腰;而法律精英的发声,却让人不敢恭维……如果一个局外人在法律上的见识和水平高于一个法律博士,那这个国家法律的前景真是让人担忧了。

《大秦帝国》三人行

近期,《大秦帝国》在央视热播,引得我又将原著翻出来重读。掩卷沉思,不禁感慨:没有大秦一统,则不知后来中华走向,而大秦能够一统中华的根本原因唯有"依法治国"四字。在人治盛行的战国,变法图强、走法治道路已成共识,但一牵扯到利益二字,都纷纷败下阵来,独秦国一改到底,终灭六国。秦胜,乃法治盛;六国亡,乃人治亡。变法靠人,读《大秦帝国》,有三个人让我深深感动。

一是变法的先驱斗士商鞅。商鞅对于秦国的意义,就在于他改变了秦国积弱积贫的历史,用变法之策使秦国走上了富强之路。作为先驱和斗士,商鞅对于变法路上的艰难困苦了然于胸,却一往无前、独力担当。

早在商鞅还是卫鞅,在魏国丞相公叔痤府中做中庶子时,就料事如神。公叔痤病重向魏王交代身后事,举荐卫鞅,并说:"王即不听用鞅,必杀之,无令出境。"魏王答应后,公叔痤又念及师生之谊向卫鞅示警,要他火速逃离魏国,卫鞅却说:"没事,他既不能听你的话重用我,又怎能听你的话来杀我呢?"果然魏王将公叔痤的话当作病中昏话,及至卫鞅在秦国收复河西,迫使魏国迁都时,魏惠王才追悔莫及:"寡人恨不用公叔痤之言。”

商鞅做了秦国的左庶长，在贫弱的秦国开始变法强国。要辅助秦孝公成就“席卷天下、包举宇内、囊括四海之意，并吞八荒之心”。他极心无二虑，至公不言私，全然不计身前身后事，定法度、改吏治、废井田、开阡陌、除隶籍、奖励农耕、奖励军功等。在法令颁布之前，为取信于民“徙木立信”，成就千古佳话。变法之初，太子触犯法令，卫鞅铁面无私毫不留情，“法之不行，自于贵戚。君必欲行法，先于太子。太子不可黥，黥其傅师”（《史记·秦本纪第五》），将太子傅、秦孝公的亲哥哥公子虔处以劓刑，将太子师公孙贾处以黥刑。这在刑不上大夫的封建王国，无疑是开天辟地之举，举国震撼。“于是法大用”“秦人皆趋令”（《史记·商君列传第八》）。然而，商鞅却也给自己种下了滔天祸患。

秦孝公死后，太子即位，公子虔等人复出，坚称商鞅欲反，商鞅知其不善仍自投罗网，慷慨就刑，因为他明白牺牲他一人可确保秦国法令的继承，确保法度不被削弱。果然，商君死后，其法令在秦国历经六代而不变，实现了统一中国的不朽功勋。

二是变法的坚强后盾秦孝公。秦孝公是在秦国危难中承继王位的。即位之初，山东六国会盟欲六国分秦，孝公采用重金贿赂各国权臣等方法，化解了灭国之危，从此，孝公刻“国耻”石，立志富国强兵。秦孝公亲书招贤令称：“宾客群臣有能出奇计强秦者，吾且尊官，与之分土。”（《史记·秦本纪第五》）殷切之情溢于言表。于是招揽了卫鞅等一批治国能士。

在富国强兵之路上，作为君主的秦孝公力排众议、不畏艰难险阻。变法之初，太子犯法，卫鞅将太子傅师处以刑罚，孝公并没有因此而宽纵太子，而是将太子赶出王宫，以游学士子的名义在民间游历十多年，探查民生，体察民情，反省赎罪。孝公的坚定和果决，为商鞅的变法奠定了坚实的基础，成为商鞅强有力的后盾。

秦国没有商鞅，历史将会重写；商鞅若没有秦孝公坚定不移、排除万难的支持，变法图强也终将是纸上谈兵，甚或会半路夭折。

三是舍身护法的宣太后。昭王三十年，赵国欲灭中山国，中山国向秦国求援，秦国为确保河东屏障不失，决定北上，奇袭赵国邯郸而迫使赵国回兵。当时以白起为主的将领不主张出战，但是以宣太后、魏冉为首的一些人力主出兵，最后在太后的坚持下，秦国出兵铁骑八万，结果在赵国阏与遭遇名将赵奢，全军覆灭，历经了强秦八十余年闻所未闻的败绩。

按照秦国的军法，无端败军者斩刑不赦。无端是指庙堂之策无误而大将战法有失。此战八万将士浴血奋战，全部战死，不能说是将士之错，而阏与之惨败又必须对国人有个交代。其时，宣太后毅然站了出来，她说："阏与惨败，罪在本太后错断大势，芈八子（宣太后闺名）利令智昏，是为国耻也。秦法昭昭，不究大败之罪，不足以养朝野正气。是故，即颁《摄政太后罪己书》，以明战败之罪责。"不仅如此，太后自裁在宫中，以"自刑谢国"。这一举措是意义重大的，"秦之强，在于法行如山"，以一国摄政太后之尊，她用自己的鲜血维护了秦国法律的威严和神圣，维护了朝野正气，用生命承担了决策失败的责任，使秦国的法令历数代而贯彻如一，深入人心。

"奉法者强，则国强；奉法者弱，则国弱。"大秦的胜利实乃依法治国实践的胜利，大秦之后的两千年封建社会，则在人治与法治的跷跷板上摇摆，因而一直没有跳出"其兴也勃焉，其亡也忽焉"的历史怪圈。其原因就在于，改革必然触及一部分人的利益，法治却必然以平等为前提。随着朝代腐败，法治口朝下，蜕变成了王公贵族整治小民的利器，岂不天下大乱？上述三人给我的启示是：首先，改革变法，没有雄霸世界的志向，没有壮士断腕之勇毅，甚至是抛头颅洒热血的决心，谈何容易？！其次，改革变法深彻与否，某种意义上取决于社会顶层对法令的设计及尊重、遵守的程度。

范雎的罪过

范雎是春秋时期的魏国名士，因为才高过主而几遭杀身之祸。

范雎本来是魏国中大夫须贾的门客，因跟从须贾出使齐国，多次展露才华，齐襄王君臣出于赏识，向范雎赏赐金钱美酒，须贾嫉贤妒能心中泛酸，回到魏国即向魏国丞相魏齐诬告范雎里通外国。魏齐即在宴会上，以私刑让众宾客持竹鞭鞭笞范雎，在范雎昏死后，又将其扔到茅厕中，让众人在其身上小便，极尽侮辱之能事。得魏齐的卫士郑安平相救，范雎由秦国的使者王稽带入秦国。入秦后，范雎以远交近攻之国策，以助秦昭王罢黜权相魏冉、使昭王亲政之功，做了秦国的丞相，后被封为应侯。

应侯及得用，因为一己之愤，使秦王以强秦之势为其复仇。魏国想和秦国修好，范雎却开出了交出魏齐人头才修好的条件，最终，逼杀魏齐。而在白起长平之战坑杀赵军四十万主力，可一举灭赵的关键时刻，应侯被鲁仲连的如簧巧舌鼓动，害怕白起居灭国之功，而自己的地位受影响，不顾国家大义向昭王建言缓行灭赵，急令白起撤军，从而致将相失和，后昭王数次让白起领军，白起均称病不出，昭王怒而杀白起，使秦国失去了有“战神”和“长城”之称的良将。兹后，秦国连续战场失利,失却河西河内大片土地,退回到函谷关内,强秦之势荡然无存,范雎应是首罪之人。

不仅如此,为了满足自己恩仇必报的个人私欲,范雎极力推荐和扶持自己的恩人王稽和郑安平,受人之恩却以邦国大任回报,使本来在秦国无甚功业的王稽为重臣领河东守,任郑安平为将军。结果,王稽收受楚国贿赂,擅自将秦国将士浴血奋战夺得的八个城池割让给楚国,被秦昭王诛杀三族;而郑安平在带兵征战中被赵国围困,竟率两万军士投降赵国,丧师辱国。秦法定则:官员大罪,举荐者连坐。按照这一法令,范雎之罪当灭三族,但是范雎仅上书秦王要求辞官,而"秦昭王恐伤应侯之意,乃下令国中:'有敢言郑安平事者,以其罪罪之。'而加赐相国应侯食物日益厚,以顺适其意"(《史记·范雎蔡泽列传第十九》)。宣太后一战之败而自戕谢国,而范雎谋国夹带私情,数次荐人丧师辱国却腆居相位,秦国的法令削弱实自应侯始,法令削弱而邦国削弱,秦国的国力一度降到数百年来的最低谷。

秦孝公任用商鞅致秦国富国强兵,弱秦变强秦,而秦昭王以范雎为国家柱石,却使秦国一落千丈、几遭灭顶之灾,是才能的差别吗?我看,究其根本,是谋国的公私之心决定事业的成败,决定事业的恒久或昙花一现。

一位退休县委书记的情怀

王文元是土生土长的南召县人，在 43 年的职业生涯中，他从南召县委办公室的普通干事开始，到办公室副主任、主任，再到县委常委、县委副书记兼政协主席、县长、县委书记兼人大常委会主任，再到退休，任职从未离开过家乡的土地。

在本土当父母官很不容易。一个县就巴掌大的地方，上街随便拉个人攀谈，恐怕就会牵出老亲旧眷来。用王文元自己的话说："我在家门口当这个芝麻官，一顿饭吃几个馍、喝几碗粥，父老乡亲都知道，我做好是应该的，做得不好，就是家乡的罪人。"

王文元最初打动我的，是我听说他的妹妹至今仍是个农民。王文元兄妹四人，姐姐早逝，下有弟弟、妹妹。在普通人家，小妹是哥、姐的心尖尖。可是，王文元这唯一的妹妹现在还是农民。按说，他在县里安排个人不是难事，但是，他不仅不替妹妹说话，相反，在下属们提出要给妹妹安排工作时，他拒绝了。对外人，他说："老人岁数大、小孩小，家里需要人照顾，走不开。"对妹妹，他语重心长地说："你别怨哥，你知道有多少双眼睛盯着你哥吗？我今天安排你一个，明天别人就敢安排十个、二十个。那还有啥原则？这个口子不能开。”妹妹通情达理，虽然心中有一点酸楚，但还是对哥哥点了点头。

在家乡人的眼里，王文元无论在台上讲话还是在工作和生活中，与人接触都平易近人，但在是非问题上他从不含糊。南召县三属军工企业有十余个，在市场经济条件下，这些企业纷纷面临着转产的形势。作为县委书记，他亲自外出为企业引资金、谈项目，付出了大量的心血和汗水，这些企业的老总和员工深受感动。一家军工企业成功转型后，老总亲自出面，送给了王文元一个内装3万元现金的信封，说是答谢他对企业的支持，但被王文元拒绝了。王文元说：“这是我的工作，干工作国家给我发工资，这笔钱我一分都不能要。”

因为工作关系，我认识很多新闻界的朋友，曾听过不少人采访王文元碰壁后抱怨说：“采访他太难，他的拒绝固执得不近人情。”他是这样对记者们说的：“我不是英雄，没有做过什么惊天动地的事，只是做了我应该做的，不做，就是失职。做了分内的事，有什么好张扬的？谁让咱是共产党员呢！”从这朴素的话语中，我看到了一个大山的儿子那质朴无华的品性，这也正是他的人格魅力所在。

人退休了，王文元在思想上却从来没有“退休”。几年间，他撰写了十几篇调查报告给县委、县政府做参考。《甘为牛》一诗抒发了他无私的情怀：“退休未敢忘民忧，治穷治愚常奔走。无怨无索献余热，有情有乐甘为牛。”此外，他还是中国古代文学研究会诗词创作委员会会员、中华诗词学会委员、中国楹联学会会员，写出了一大批优秀的诗词作品。前不久，在南召县文联举办的一次规模很大的摄影展上，我还看到了王文元的摄影作品《老梅新枝》《唱唱新农村》《身正影不斜》《咱和部长话明天》，等等。他的摄影作品以犀利的目光、火热的情怀，表达了对家乡的热爱，带给人心灵的震撼。

说来也巧，参观完摄影展回家，我竟在郊区的半山腰上看到了王文元。听人说老书记没事总喜欢到乡间走走,到地头和农民说说话,家乡人大都认识这位和善的老人。望着他渐渐远去的身影,我不觉又想起了他的《历史做鉴定》一诗:“今人做事后人评,源远清流自分明。是非功过百姓识,天地历史做鉴定。”

修鞋匠

每天上下班路过的一个拐角楼下，有一个小小的修鞋摊。修鞋的是一个三十多岁的男人，两条腿残疾，拄着双拐，个子矮小得像个十一二岁的孩子，大约是常年在外风刮日晒的缘故吧，他皮肤偏黑，牙也有点外张，看他的脸真的是让人无法欢喜。

找他修鞋，才发现他的手艺很不错。他很羞涩，话不多，你问什么，他答什么，回答的时候总带着一种青春期大男孩般害羞的笑，让我的心不觉一动：这样一个人，又干着这样的营生，其生活的艰辛可想而知，为什么他却会有这样单纯质朴的笑脸呢？几次下来，就发现他要的工钱远比别处的便宜，甚至对开胶之类的小毛病，不收钱。你执意要给，他会说：有零钱，留五角钱；没零钱，下回再说。而据我的经验，五毛钱的零钱常常是不会放在口袋中的。下回你要给，他多半也是不会要的。

这让我好奇起来：做生意的人应该想方设法让顾客从口袋中多多掏钱才是，他一个残疾人，靠这零碎的手艺活吃饭，却又如此大度，真是与众不同啊。又去修鞋，我便特意提出了自己的疑问。他照旧羞赧地笑了笑，不紧不慢地说：在这条街上，光修鞋的就有十几个，像我这样的人,原本是没用的,但是大家都上我这里来修鞋,便是对我的照顾和周全了。我靠着这鞋摊既能自己独立,不拖累家人,又娶了老婆,还养活了一双儿女,我还不应该想法子感谢他们?真想不到这感恩的佛家大义竟被这个看似丑陋的修鞋匠诠释得这样浅显而生动。我不觉感到他可爱起来。

很多早晨,我上班路过,看到修鞋匠的妻子将他的修鞋摊——一个自制的下装四个轮子的大木箱(里边是他的全部工具),推到那拐角楼下,后面拄着双拐艰难行动的一定是修鞋匠了,一天的工作就开始了。中午常常可以看到修鞋匠的妻或女为他送饭,他便在来来往往的人流旁,在疾驰的汽车的烟尘中安详地吃他的午饭。而当华灯初上的时候,他又跟随着来帮他收拾摊子的妻子回家,依旧是妻子在前推着木箱,而他在妻子的后面艰难地用双拐挪动着身体,却轻快地跟认识的人打着招呼……不管命运对他是多么的不公平,他都抱着一颗感恩的心满足地面对生活的每一天,这是怎样博大的胸怀和坚强、豁达的生活态度呀!

有一天,去银行办事,无意中听到身后两个女人的对话,一个说:我的鞋开胶了,得去修修。一个说:去那边拐角楼下吧,那个拐子修这样的鞋是不要钱的。回头看去是两个穿戴时髦的女人,再回过头来,眼前是那修鞋匠艰难移动的身影和他灿烂的笑容……

卖毛蛋的女人

小惠是从农村来的，我认识她的时候，她刚刚结束了自己卖冰糖葫芦的生意，同时她租住的人家厌烦她孩子太多，不让她继续租赁了。刚巧，我们的邻居盖了新居，便以低廉的房租将闲置的房子租给小惠一家。

小惠有儿女三个，女儿今年已上中学，据说小惠生了女儿之后，过了四年都没有生育，丈夫一家三女一男，婆婆和小姑子们深恐她耽误了家中的香火，便做主从一个远亲那里给她抱养了一个男孩。一年后，她却又生下了一个男孩。几乎每天吃早饭时，都可听到她家小儿的哭声。冬天那孩子的小脸能皴得裂血口子，想是太爱哭的缘故。孩子的奶奶说：一睁眼就要找他妈，他妈一早就赶着出摊了，找不见就哭闹，要好一阵子才罢休。

闲谈时听小惠婆婆讲：小惠 12 岁那年夏天，她母亲去磨面，让她在家照看 6 岁的弟弟，她却和同村的小伙伴玩入了迷，没注意弟弟到池塘里玩水淹死了。母亲悲愤地打她，打急了，她哭着对母亲说："妈，你别打了，你放心，没了弟弟，你就把我当男娃使，我养活你和爹。"后来虽然又有了弟弟，但小惠谨守自己 12 岁时许下的诺言，为了让弟弟上学，她小学毕业就辍学在家，帮父母干农活，父母生老病死，包括给父母下葬的钱，都是小惠拿的。村里的人都说：有小惠这样的闺女，比养个男娃还强！小惠身上有着这么多的责任，做姑娘时就欠了亲朋好友一些钱，小惠说下婆家后，小惠自己做主狠要了婆家一笔彩礼钱，还清了在娘家的外债。结婚后，又和丈夫一起开始想法挣钱还因娶自己而欠下的外债。小惠说：自己最大的愿望是不再欠账。

为了这个目标，夫妻俩成了"两栖人"。农忙时，已八十多岁的婆婆照顾三个儿女生活，夫妻要回家春种秋收。其他时间，两人便在街上打零工或做小生意。她丈夫做过大手术，身体不好，干不了重体力活儿。头两年小惠给人做过保姆，在建筑工地上当过小工，和男人们一样和泥、撂砖，和男人们一样地出力流汗，谁知结果依然和男人们一样被工头拖欠血汗钱，一气之下小惠便决定做生意。可即便是夫妻俩卖同样的东西，也总是小惠卖得多，有时还会出现她赚钱丈夫赔钱的事，要不就是丈夫没有小惠机灵，货和秤让城管给没收了。卖东西不行，小惠又买了辆旧摩的，让丈夫开，也是不赚钱，两个月后只好忍痛赔了钱转卖。

从去年春天卖烤玉米穗开始，好不容易夫妻俩才安定下来。妻子出面做生意，丈夫下乡收玉米穗、买柴、劈柴，给妻子做好后勤。小惠每天一大早就出门，用捡拾的矿泉水瓶灌两瓶井水做饮料，推着用三轮车载着的全部家当满城大街小巷地转悠、吆喝。午饭偶尔是丈夫给她送，更多的时候买俩馍，就着井水就是一顿饭。晚上往往到八九点钟，将带的玉米穗卖完，她才拖着疲惫不堪的身体回家。

后来，街上卖烤玉米的渐渐多了，有时一条街上竟会有两三个，钱变得难挣起来。小惠经多方打听，便决定改行卖煎毛蛋和雏鸡。生意还行，一天能卖好几十串；如果逢年过节，能卖百十串。

小惠很俭朴，听她有一次无意中透露：她到县城这四五年，没有穿过一双新鞋，有亲戚朋友送的旧鞋，有垃圾堆里捡拾的，也有从废品站当废品买的。因为是邻居，我偶尔会将家里淘汰的旧衣物送给小惠，小惠很是感激。春节前收拾房间，又将一些旧衣物、鞋子给她家送了一些，不想没几天，小惠竟让丈夫给我们背来了一口袋自家的石磨面，这样的面在市场上拿钱都买不到。我要给钱，小惠说啥也不干，还说：你要给钱就是看不起我们了，你给我们那么多东西，我们可给过你一分钱了？我嗫嚅着竟不知该如何回答，但心里很惭愧：给她的东西真的是微不足道，不给她，就要卖废品或当垃圾丢掉。便深为小惠的宅心仁厚所感动。

贫贱夫妻百事哀。不管小惠干得多好、多卖力，可在婆婆的眼中，小惠却有数不清的罪过。虽然家境不好，小惠却为人豪爽。家中偶有亲朋好友光顾，小惠总是将家中最好的东西拿出来。一次一位好朋友来家，小惠就将家中熬的羊骨头汤热了让朋友喝，朋友一喝就是两大碗，婆婆不高兴了：那汤，我都舍不得喝，这倒好，竟让这个败家子充好人了。便撺掇儿子同媳妇生气，气得小惠跑出去好几天，又心痛出门花的钱，不等丈夫找就回家了。类似这样鸡毛蒜皮的事，隔一段就要爆发一次，可气过后，日子该咋过还得过下去。

大年初一吃过早饭出门，便看到小惠推着三轮车，丈夫也推着满载的自行车跟出来，便问："这么早就走亲戚呀？"小惠笑了："不是，我们要下乡。"到跟前才发现他俩还带着出摊卖毛蛋的家什，显然春节也没有歇的意思。

望着他们夫妻走远的背影，我暗暗祝福：愿小惠在新的一年能实现不欠账的心愿！可是，半年后，我却听到一个消息：小惠跟人跑了！小惠和丈夫生气后，带上家中的钱一去不回头了。听说她这次是跟一个男人一起走的，那个男人也有家，两人没有办任何手续，但小惠不在乎，反而扬言再也不回来了。小惠走几个月后，托人给两个儿子捎回了她亲手打的毛衣，也许小惠记得的仍是她在家时孩子的模样，也许是孩子长得太快，小惠打的毛衣，领口太小，两个孩子都穿不上。

今生，已付你深情；来生，不必再相见

一个冬天，一朵花的千年。经历了漫长的修炼，只为和春天有一次美丽的遇见，只为了盛放的那一瞬绝世的惊艳，前世的缘、今世的情、未来的因，都在这一瞬间，交还给大地和蓝天。不必问值不值得，每一只蜜蜂会告诉你：这世上，每一朵花都有着满满的爱的甜蜜……

该与不该，远与不远，甚至见与不见……从来都不是爱的问题。在茫茫人海中，在无涯的时光里，将你遇见。一瞬间，你的心灯被点亮了，世上一切的美好都被激活了……爱是两颗心相互依偎取暖、同步提升的过程，你在我的心里，我在你的记忆里，春天，就为两颗心敞开了大门，春天是属于爱情的……

很多人的可悲在于：在爱来的时刻不敢承接；需要放手时，又频频回头，而日子永远不会回头……耐心些，再耐心些，相信真情不老，相信爱的力量，相信自己，珍惜缘分，在心中种下爱的种子，它就一定会在岁月的深处发芽、长大。不管爱的结局是什么，有一点可以肯定：所有相爱的人都会从爱里收获幸福和美好……在爱的词典里，一切都是最好的，一切都是最美的。牵手，一直到人生的尽头，那是最好的。假如，爱一定要远行，那就挥挥手，道一声珍重，那远去的背影，也定是人生最美的风景……能参与你的生命，伴你一程，留下美好的记忆，那就不枉了幸福人生；有一个人驻在心里，春就驻在了心里！

张小娴说，如果你开心和悲伤的时候，首先想到的都是同一个人，那就最完美。

因为那个人就是你的爱。爱情是盐，没有爱情的人生将淡而无味；没有爱情，一颗心总在流浪；有爱，生活处处充满了阳光和希望。爱，是生活的盾牌，外面刀枪剑戟，盾牌之下却是温婉、安详的美丽，一如盛开的莲花……

很喜欢这句话：恋爱最珍贵的纪念物，是你留在我身上的，如同河川留给地形的，那些你对我造成的改变。美好的爱情可以让一颗柔弱的心变得强大和自信，对这世上的一草一木充满了慈悲和爱怜……爱的心，可以和一切人一切事和解，这是爱的神奇。

佛说，前世，你是我亲手种下的一株莲，别的莲都开了，只有你，直到枯萎，也没能把你清丽的容颜展现在我面前。

有人说，前生，你在我眼睛里；今生，你在我的牵挂里；来生，你在我的血肉里……我说，今生，我已把最深、最真、最美的情愫向你奉献；来生，不必再见……

北大，一个放飞梦想的地方

多年前,爱人一次出差回来说,在北京参观北大校园时,同去的一位女士竟在北大优秀学员的宣传栏前痛哭失声。她说:人家小小年纪就能在北大取得这么高的成就,我奋斗了半生痴长了半辈子,却只能在北大的土地上站站……我当时说,知足吧,她还能去站站,我连北大校门在哪儿还不知道呢……

我很有幸,今年 6 月份参加了南阳市检察系统依法治国和检察体制改革高级研修班,在北大度过了难忘的一周。

北大、清华,在每一个中国学子的心中,无疑都是圣殿。能在北大学习,某种程度上也圆了我一个人生的梦想。

北大为什么会有这么大的魅力呢?

在开学典礼上,北大教育学院的副院长尚俊杰向我们介绍了北大的历史,他指出,北大作为百年名校、中国最高学府,有三点值得称道:

第一点是精英意识。不管你是怎么来的,进入北大你就是精英,不想成为精英都不行,北大的氛围不给你做普通人的机会。近年来,北大更是注重国际交流和国际意识的培养,现在北大所有的本科生在校期间都有机会到外国名校交流半年。第二点是北大的民主和科学精神。第三点是北大的国家和民族责任感。他深情地说:北大很多老师和学生都是把国家和民族的责任扛在自己肩上的。

北大不愧为中国高校的引领者。精英观念、民主与科学精神、国家与民族责任感,这些与学问无关却占领着民族精神高地的办学核心观念,正是成就北大名校的不二法宝。

翻开在北大买的《在北大听讲座》的卷首语,那诗意智慧的文字也向我解读着北大的魅力之所在:“北大不仅仅只是一所学校、一个学习知识的地方。知识是任何一本书都能教给你的,而北大,却能任梦想自由生长。”

一路之隔的清华园里,王静安先生纪念碑静静地挺立在浓荫深处,其词曰:“士之读书治学,盖将以脱心志于俗谛之桎梏,真理因得以发扬。思想而不自由,毋宁死耳。”

先贤已逝,其追求真理与思想自由的激越声音,仍如黄钟大吕,越过百年时空,发出惊醒睡梦的强烈震动。唯此自由之精神,才是大学的意义所在;亦唯此自由之境界,才是生命的意义所在。

有意义的人生,说到底是一种精神寄托,北大就是这种精神寄托的象征。

徜徉在北大的校园里,我想,北大的魅力也在于:幽暗的生命被智慧的光芒照彻的时候,那是获得人生最快乐、最幸福的体验的时候。知识因精神的引领而有了生命,人生因梦想的照耀才有了快乐。

在紧张的一周生活里,我像一只不知疲倦的蚂蚁,尽可能多地匆匆行走在北大的校园里。从美丽的未名湖、直插云霄的博雅塔、巨型的石舫、古老的西校门、御笔石刻,到有太多故事的红楼、图书馆、百年讲学堂、蔡元培青铜雕像……我力图拨开北大百年历史的云烟,解读并铭记其吸引众多学子的魅力之源泉。

北大有太多的故事,北大有太多值得骄傲的杰出人物,北大有太多值得自豪的成就……仅2000年以来,就有超过30个国家的元首及

40 个诺贝尔奖获得者到北大访问及演讲。不去认真聆听有名的“北大讲座”、不去参加北大的社团活动、不去和北大优秀的学子相知相交…… 在短短的时日内,又怎能够读懂北大百年历史的厚重,领略北大精神的精髓、思想的博大精深、文化沉淀的优秀?!

然而,即使只是蜻蜓点水的行程,北大的魅力已足以让我叹服:北大的一草一木已显现出它“爱国、进步、民主、科学”的高贵精神,一枝一叶在向人诉说着北大“勤奋、严谨、求实、创新”的厚重而卓越的学术传统,就连校园内树木上挂着的树牌也书写着北大独特的印记。这树牌与我们日常见到的不一样,除了介绍植物的属性外,每个树牌都会给出一个令人思考的小问题,且常能出人意料,如碧桃树上的树牌除了介绍碧桃的属种外,还问:“碧桃的果实能吃吗?”碧桃能不能吃并不重要,重要的是北大教育在细微处的匠心独运。

北大的标志性建筑之一是位于未名湖畔的博雅塔。有一个形象的比喻说,未名湖像一方深情的砚,而博雅塔则是一支高耸的巨笔。据说,当初的校长规定北大的建筑不能高于博雅塔,历经这么多年,北大的校长换了多少任,但所有的建筑均没有超过博雅塔,这说明北大的校风有着优良的传承,没有行政化的污染,实属难得。

一个人的河流

一

当太阳的第一缕阳光照在河上，河便一下子醒了。不知是哪朵浪花发出了一声轻笑，满河的水便如摇醒了昨夜的梦境，又像乡村中约定要赶集的大姑娘、小媳妇般你推我搡地走出了家门，有些羞涩，更多的是兴奋和好奇，“哗”的一下子笑得闸门被打开了。于是，河里挤满了灿烂而明丽的笑纹，争着要向你问声早安、道声好呢。

野鸭子倒好，明明是一对对的，这时却偏偏要一前一后在水面上跳上蹿下地卖弄着矜持，将河水的笑不时地斩断一块，拖出长音来，给你一个顽皮的欣喜。最安静的是河滩中的青草，这一刻淑女般静听着河的欢闹，绝没有迎合响应的意思，只是满眼的笑意藏也藏不住。飘荡着淡淡的雾的河流迷蒙着，远方的绿树青山是写意的，有着水墨画般的潇洒和轻松。

河滩除了我一个早行的人，没有别人。这一刻，极目处，河竟是一个人的，我的。

一个人的河流。

二

河水又轻笑了一声,那是一个水鸟的杰作,大概是它轻搔了一下河的脚心。

一条小草鱼在河边的浅水处凝视了我一会儿,我有点好奇,它干吗要这样看着我呢？我倒要探个究竟。这样想着,我蹲下身来,希望缩短我和它的距离,沟通的可能性会更大一些吧！没想到,这份好意,它不领情。它像受了惊似的跑掉了。真是小气！我对这条鱼的背影扔去了不屑的白眼。

河水没有发言,好像无动于衷的样子,又好像有着大深奥,我有点怀疑它的态度。

三

蒹葭苍苍,白露为霜。有位伊人,在水一方。

这个早上,伊人也好,阿哥也好,都没有。如果有一位俊朗的少年和一位明艳的姑娘在,我都是喜欢的,但不能说爱。爱太神圣了,不可奢谈,可以说喜欢。为什么会喜欢呢？原因很简单。因他的青春美貌,因她的温情,因敬仰,因邂逅……或许只是因为孤独的你遇上了同样孤独的他,就喜欢上了。但这绝不会是爱,爱是超越风尘的,喜欢是实际而可感知的,就像这河流上这一刻的我,内心满盈着阳光和喜悦,我是喜欢的,但不是爱。

爱讲求的是心心相印,即使是一个人的河流。但我好像走不入河流的内心,河流也无视我的感受,我该如何对待它呢？

四

当河水不属于任何人的时候,人在哪里呢?这是我在离开时想到的。有一点是肯定的,即使不属于任何一个人,河流依旧是河流,它前进的脚步也决不会停留。

在这个早上,在如泪的露珠下,有花儿开了。

在这个早上,在如泪的露珠下,有花儿落了。

爱的季节

一

那一刻,你在哪里?

你送给我一个不解的笑,然后,便消隐在花的斑斓、朝露的明眸之中,我来不及把早已准备好的歌曲,向你唱出一个音符……

让我到哪里去和你会晤呢?山径上没有你的足迹,渡船上又不见你披着轻纱的倩影,于是,我痛苦地退隐到我心灵的深处,在那里,我看到你在盈盈地对我笑!

二

我曾想你不会再来了,在我想着的时候,大地上传来了你遥远的跫音,小鸟啼唱着你归来的歌谣,原野上盛开着你的花朵。我的屋檐,风铃叮当叮当地作响,那是你走时送我的礼物,于是我又等了下去。

清晨走了,黄昏的风又起了,花儿开了又落,依旧望不到你褐色的影子。

我想你不会来了，屋檐上的风铃，又在叮当叮当地作响，小鸟又在我的窗前啼唱了……

草地上的花，可是又星星般地燃烧了……

三

我含泪走向你，你的湖心投影着云的飘逸，一只美丽小鸟在玉兰树下跳跃，你的风伸出柔软的小手拭去我腮边的泪……

我不悔的，我知道，你不会离去，在天与地青了又枯的变换中，你的怀抱永远是我温柔的驻地。

第五辑　舌尖上的文化

春天的味道

在我的记忆中,春天苏醒的首先是味觉,要不然怎么有那么多诗词中都写着春天的美味呢?随手拈来一读都让人唇齿生津。最馋嘴的应是苏东坡,他诗中的美味最多:“长江绕郭知鱼美,好竹连山觉笋香”,而“竹外桃花三两枝,春江水暖鸭先知。蒌蒿满地芦芽短,正是河豚欲上时”,写的既是江南春色,更堪称句句皆美食。郑板桥的“江南鲜笋趁鲥鱼,烂煮春风三月初”、杜甫的“鲜鲫银丝脍,香芹碧涧羹”读来都让人心生向往。

我的家乡在深山,虽然没有“家家户户剥春笋”的胜景,但我也一直认为春天是人间美景盛宴的集体展示季节。首先走上餐桌的是榆钱。当春风吹过大地,原野上的榆树便挂出了一串串像玉一样温润美丽的榆钱来,象征着又一个富足、美好年景的开始,一个只要播种下希望和梦想就能收获丰硕果实的季节的开始。榆钱拌上玉米面和腊肉,上锅蒸,蒸好蘸蒜汁,那是老少皆宜的美食佳肴。

榆钱过后是槐花。在某个晴朗的春夜,清新而甜香的风暗香浮动时,你就知道:啊,槐花开了,春天真的来了。那几日堪称槐花的狂欢节,几乎家家的餐桌上都离不开槐花,或蒸吃,或用水焯过,炒吃、煎吃、炸吃，怎么吃都美不胜收，那种特有的原生的美味是其他任何果蔬都不能替代的。

每读苏东坡的《寒具》“纤手搓来玉数寻，碧油轻蘸嫩黄深。夜来春睡浓于酒，压褊佳人缠臂金”，我总觉得家乡用春天的头茬韭菜或山韭菜做的菜盒、卷间，足可与“寒食”（今馓子麻花）媲美，只不过苏东坡没有吃过，否则，我相信爱好美食的东坡也一定会称赞它的美味！

在晴朗的春日里，田野间随处可见人们结伴而行挖野菜的身影；在农贸市场里，也能见到大筐小篮地带着各色野菜的乡人们，我总是要忍不住买一些，我觉得是他们把春天带进了我们的生活，让我们在高楼林立的水泥建筑的空间中呼吸到了春天的气息。现在挖野菜、吃野菜已不是要解决果腹的问题，而是要到大自然去感受春天的美好，品尝出春天特有的味道来……

每当我品尝着这些春天的美味时，我都由衷地感慨大地是如此的宽厚、无私。从原野中的荠菜、面条菜、扫帚苗、灰灰菜、苦麻菜、黄花苗到树上的榆钱、槐花、香椿、葛花，再到山野里的拳菜、山韭菜，等等，主角不断变换，花样日日更新，那些不起眼的野菜野花野草，无不给人们的生活增添着情趣，拉长着人们投向原野的视线，放飞着人们对美好生活的希望和快乐。

春天里，我报名参加了驾校的学习，教练是个年轻的帅哥，同车的学员 22 人。他们来自社会的不同行业，有医生、护士、银行职员、私营业主、退伍军人、大学毕业生，还有几个从农村来的打工者……大家虽然刚刚认识，但相处和睦融洽，让短暂的学车经历妙趣横生，成为这个春天的记忆中一道亮丽的风景。

特别是来自农村的几个年轻人淳朴、可爱，短短的一个月内，我目睹着他们不辞劳烦、三天两头应这个那个的要求，带过来大包小包的新鲜野菜、野花，便为他们的简单、美好而感动。有一天，他们应一位学妹的要求带来了一大包荠菜，是被苏东坡称为“天然之珍”而“时绕麦田求野荠,强为僧舍煮山羹”的那种荠菜。在练车场,女学员们全部动手帮忙拾掇,那样的场景让人有大家庭的温馨感。第二天,那位学妹用饭盒将蒸好的荠菜饺子带到练车场,大家都抢着吃,真是好吃极了!我觉得那应该是吃出了一种心境,因为有快乐美好的心情,饺子便显得无比美味了。还有两次,同车的男学员们相邀早早“逃课”,跑到那几位农村学员的家里,美其名曰去挖野菜,我看是一群“吃货”要去春天的原野里撒欢,要去吃鲜……我虽然没有加入他们的行列,但心里着实感动:茫茫人海,只是短暂的缘,过后注定要各奔东西,但是他们却将人性的美好向我们毫无保留地展示出来,让人温暖而快乐,这样的时光、这样的缘不是很动人、很美好吗?

记得那天吃过荠菜饺子的帅哥教练在训练场周围转来转去,不久竟像发现了新大陆似的惊呼:“这开白花的不就是荠菜吗?”看着他一脸的欢喜和兴奋,我不忍心泼冷水,可我的心在说:这里的荠菜,整天被车碾被人踩、无精打采的模样,怎能和原野中那些自由自在生长、鲜嫩动人的荠菜相比呢?它们的区别,大地知道,小鸟知道,春风知道,那挑剔的味觉和细腻的情感都知道呀!

妈妈的粽子

端午节就要到了。

走在街上,乡下人挖着篮子卖粽叶的、卖成束的艾叶的随处可见,淡淡的艾叶香,快乐地飞翔氤氲在小城的各个角落,让人的心也温暖、快乐起来。

那些平日难得一见的卖粽子的,临街支起一张小折叠方桌,生意就开张了。方桌上放着大小不等的盆子,盆子里堆起小山样的一只只三角形、菱形,远远就能闻到一股粽子的清香,旁边用雪白的纱布罩着碟子、筷子等食具,当然还少不了一玻璃瓶的白砂糖,方便那些馋嘴的顾客即买即食。

摊主一般是慈祥的大妈或可亲的大嫂。她们一定是有着满月般灿烂的笑容的。她们一定会一边手脚麻利地替顾客剥着粽子,一边朗声对顾客夸着自己的手艺:“他大兄弟(她大妹子),你尝尝我的粽子,米是最好的新糯米,枣是最贵的,可甜了,包管你吃了还想吃。”“咋样?不诳你吧! 过节可记住买咱的粽子呀,我一直在这里,不会挪地方的。”那声音中透着一份骄傲和满足,还带着山里人的朴实。

她们的脚边一定会放着几只盆子,盛放着泡洗干净用来包粽子的原料。没有顾客的时候,摊主就会勤劳地坐在矮凳上,伏下身子,从面前的水盆中一样一样地捞出原料来灵巧地包粽子,偶尔直起腰来,用手背捶捶腰,就又伏下身子继续着她的工作。

这镜头,很像妈妈。妈妈这时候也一定在家忙着张罗:要提前泡好粽叶,细细地用石头、瓦片等重物将粽叶压平整;坐在院中的浓荫下,戴着老花眼镜,双膝上放着竹箕,精心地挑选出那些没有被虫蛀、个大、饱满、深红色的最好的枣子或花生米来;筛出上好的糯米……忙得劲头十足。等一切都准备好了,又忙着包粽子。

我家姐弟多,妈妈一定要包够两大蒸馍锅才肯停手。这可是个琐碎而累人的活儿。包累了,她也会直起腰板伸伸腰,用手背自己捶一捶,而后,又伏下身子继续包……这镜头自己见过不止一次。小时候过端午节,妈妈也要包很多粽子,除了自家吃的,还有舅家的和亲戚家的。家里条件差,贵重的礼物拿不出来,这应该是母亲对亲人略带羞涩的一点心意吧。等我们一个个"出窝"有了自己的家,妈妈还是要在端午节前包很多粽子,等上笼蒸好了,便让弟弟一家家给每一个儿女送上她亲手做的粽子。

这两年,已七十多岁的双亲身体皆不是太好,心疼他们,我有两次都提前打电话回去说:今年别再忙活包粽子了,街上三五毛钱一个,能吃几个?挺累人的。妈没有说啥。端午节前一天,我下班顺路在街上买了粽子,谁知,中午,妈又像往年一样,让弟弟送来了还冒着热气的粽子,弟弟还说:妈说了,街上卖的粽子没有她包的好吃。

说来也怪,一对比,家人也都说,还是妈包的粽子好吃。这一刻,我忽然明白了:在这个世界上,再好的美味,只要以商品的形式出现,都是计算成本和利润的,那美味也一定会缩水、会打折扣。什么都可以用钱来买,而亲情和爱却是用金钱永远也买不到的,即或一只小小的粽子,也包含着浓浓的母爱和温馨的幸福……

红 薯 梗

因为从小是在县城中长大的,对农村的生活不熟悉,所以也并不知道红薯梗是一道美味佳肴,只是在记忆中对芝麻叶的印象很深。

那时四舅孤身一人在县城工作,停一段时间或是妈妈差我们姊妹中的任何一人到四舅的单位叫四舅回家吃饭,或是四舅托人给妈捎信要回家吃饭。这种时候妈妈都要准备四舅爱吃的芝麻叶绿豆面条,再在灶火上烧一些干红辣椒,在石臼中捣成碎碎的辣椒面,然后用开水一冲拌上小磨香油就成了老远就闻到香味的辣椒酱,四舅每每就着辣椒酱吃得满头是汗,连喊解馋,我却一点也吃不惯,那时便想:等我当家了,我一辈子都不做芝麻叶绿豆面条,干菜有啥好吃的?而这观念在结婚后,却来了180度的大转变。

丈夫是从大山中走出来的,嫁到他家后,在做了一辈子家庭主妇的婆婆主勺的日子里,我才知道原来农村人的饮食中有那么多的美味:鸡子用五料腌制后用金黄的玉米面拌拌,下面用发面做饼,上火蒸几个小时后,掀开锅满院异香,吃起来鲜美滑嫩,就连下面的面饼吃起来也是美不胜收,那是我结婚前连听都没有听说过的美味。据说那是婆婆的家传手艺呢。邀朋友来家小聚,这道菜可没少让朋友们开眼界，大家都说："这完全可以成为大饭店的王牌菜呢。"我的婆婆——一个大字不识的农村老太太，在饮食方面所表现出的智慧和才艺，常让我惊叹不已。那些田野中的花花草草，什么春天的槐花、葛花、榆钱，门前的面条菜、灰灰菜、扫帚苗、荠菜、酸不浆等，经婆婆一炮制，均成了美味，鲜的时候可以做菜，吃不完婆婆把它们晾干，依旧可以做成佳肴……在婆婆的熏陶下，慢慢地我也学会了这些在任何一个菜谱上都不见经传的厨艺，每每在亲朋好友来家时露上一手，没少博得彩头。

更神奇的是：原来我认为不能吃的红薯梗、红薯叶，在婆婆手中变成了四时的美味。每当红薯快要收获的时候，婆婆便到我家房后坡上的红薯地里掐红薯梗。不管是张家的地还是李家的地，只要打个招呼说"我掐点红薯梗呀"，虽说这时候掐红薯梗对红薯的产量是有影响的，但大家都知道这时候掐的红薯梗最好吃，善良质朴的人们都会乐呵呵地说："掐吧，多掐些。"顶着还热辣辣的骄阳，婆婆在红薯地里将红薯的茎叶部分甚至是整个顶枝用大箩筐一筐一筐地往家里掐，然后全家人动手将筷子似的胖胖的红薯梗和红薯叶分离，用一口大锅将红薯梗在沸水中煮烂，再一筐筐地抬上房顶晾晒，而红薯叶则直接在房顶上摊成薄薄的一层晾晒，这个过程往往要忙上十多天呢。等晒干了，红薯叶还是绿的，放在手里一握都会成碎末，用硬纸盒小心地收起来，吃玉米糁等稀饭时抓一把在热水中泡软放入锅中，吃起来软滑可口，比鲜红薯叶还好吃。而红薯梗本来有筷子那样粗长，晒干了像一把把枯树枝或枯草，一筐鲜梗晒不出一斤干的，婆婆用塑料袋密封着装起来，想吃的时候抓一把用开水泡开，用点肥肉或动物油炖出的菜满室飘香，味美可口。逢年过节，我们那里的风俗家家要过油要煮肉，大块的肉煮过后有满锅的肉汤，用肉汤做大锅菜，把萝卜、红薯梗、干豆角切碎，加上鲜红的辣椒、生姜、蒜、八角、花椒和盐，炖制一大锅的菜。从大锅中盛出一碗大锅菜热过，既省事吃起来又香而不腻，回味无穷。丈夫的一家都爱吃，我一吃也爱上了。

后来我的两个小叔子和我的小姑子都像小鸟一样“飞”到省城工作了,他们每次回家过年都会打电话跟我说:嫂子,别忘了做大锅菜呀,多放点红薯梗。于是这道菜便成了我家亲人团聚时一道必不可少的经典菜。再后来他们在省城陆续成了家,婆婆也到省城了,一年难得回来一回,但对红薯梗的眷恋却没有丝毫的改变。小叔子、小姑子打电话回来说:嫂子,我想吃红薯梗(红薯叶)呀,有人来给我捎一点。我便像婆婆一样顶着骄阳到红薯地里掐红薯梗,然后炮制晾晒,晒干了给弟妹们捎去,弟弟妹妹们高兴地说:嫂子呀,我可解馋了。小叔子更绝,对我说:“你说人多怪,我啥没吃过,可家乡的红薯梗不吃还真想呢。不过怎么做都没有在老家你做的好吃呀。”那时我便从心底感到快乐和自豪。细细想来,并不是我的厨艺过人,也许是小叔子的心境使然吧。这一刻便理解了小时候四舅到我家去吃饭,为什么妈妈坚持要做我们都不喜欢吃的芝麻叶绿豆面条给四舅吃。

有一年我身体不好,丈夫说:你别辛苦了,街上现在卖有红薯梗了,买点给他们捎去吧。结果,弟弟妹妹都说:今年的红薯梗不好,煮不烂。我想了想,大概是做生意的在用沸水煮红薯梗时,压根就没有煮烂,这样好占重量,但吃的人就麻烦了。后来,我就坚持自己亲自到地里摘红薯梗,亲自炮制。我想,只要弟妹们对家乡的红薯梗有着这份眷恋和热爱,我就永远不会让他们失望,因为在我的心中这已不是一份简单的礼物,而是我对他们的一份亲情和牵念。

白土岗辣子鸡

有一年和同事在省城学习，单位领导去出差，顺便请我们吃饭，算是慰劳。记得在饭桌上有人感慨：这城市什么都好，就是鸡肉、鱼肉不好吃，像在吃泥巴。经典之语，当即博得大家一致认同。城市的鸡肉、鱼肉，特别是自助餐厅里边的，毫不夸张地说那感觉真像是在吃泥巴。它与我们家乡的鸡肉、鱼肉比可谓天壤之别。尽管家乡的鸡肉肉质鲜美，怎么吃都好吃，也有多种吃法，如醋焖鸡、干炒鸡、一鸡二吃、杞果鸡、玉米面蒸鸡……就包括什么作料都不加的清水煮鸡，吃起来也是清香爽口、回味无穷，但我认为最美味的应首推白土岗辣子鸡。

白土岗是南召的一个镇，距县城 10 里左右。该镇青山靠背，秀水环绕，人民以聪慧而著称。上世纪 80 年代，这里盛产柞丝，家家户户靠柞丝富了起来，这里的手工丝织地毯更是以做工精良、花色品种多而著称，在中国地毯风靡国际市场的时候，这里家家都是“万元户”。

也就是在这块土地上，有一个名叫徐四的厨师，他那时还是一个年轻的小伙子，却一心要做出让人“一闻就走不动路，一吃就忘不掉”的美味——辣子鸡来，配方调整了一回又一回，鸡子做了一遍又一遍，光院墙外倒掉的配料都堆成了土丘，可是做出来的鸡，他依然不满意。

他那个愁呀！这一夜他做了一个梦，梦中自己做的鸡让自己的口水都流了出来。于是半夜一醒来他就跑到厨房操起家什，将鸡做了出来，这一次他成功了。

从此，白土岗辣子鸡渐渐地远近闻名。南召人谁家来了尊贵的客人，要品尝地方特色，主人总要想方设法让客人品尝一下白土岗辣子鸡，否则就好像客人来南召，主人招待有不周之处。吃过的客人总是说："走南闯北跑了不少地方，这是我吃过的最好吃的鸡子。"再来南召，客人往往就会主动要求："去白土岗吃辣子鸡吧！"

徐四也一度在南召县城开了一家店，亲自掌勺，没多久原来简陋的设施便鸟枪换炮了。当街的门面扩大到将后面紧挨的一个院落也包了下来，房间统一装修并全部安装上了空调，真是"门面不起眼，内中藏春秋"。每到吃饭的时候，门前车水马龙，小轿车要排队排出老远，那气派，即使大酒店也比不上。因为生意火爆，很快，"辣子鸡店""正宗辣子鸡店"等招牌竟如雨后春笋般在小城里多了起来。

徐四是个老实人，也没想过什么维权打假之类的事。有人提及，他却说："人家也是想混口饭吃，又是乡里乡亲的，何必那么认真?!"此后徐四教出了许多弟子，自己又眷恋家乡的热土，便又回到了家乡，在家乡打理着自己的"白土岗徐四辣子鸡店"，再未离开过家乡。而他的弟子却在北京、郑州、南阳等地开了辣子鸡店，小小的辣子鸡真的是从山窝里飞向了大城市，飞向了首都呢。

徐四辣子鸡的做工很讲究。用来做辣子鸡的鸡一定是本地的柴鸡(土鸡)，这种鸡肉质鲜美细腻，又因为在农村多是放养的，不喂饲料添加剂等，鸡肉味道纯正，营养全面、丰富，有嚼头；再配以多种当地的中草药和作料精工制作，而且徐四辣子鸡店用的全部是鲜鸡，当天用当天杀，不用冷藏和隔天的鸡，这更加保证了鸡肉的鲜美。

更让人称道的是，徐四做生意童叟无欺，货真价实，绝不缺斤少两，很有大厨名师的风范，这也增加了白土岗辣子鸡的魅力。2006 年，我写白土岗辣子鸡的一篇小文在《南阳广播电视报》发表后，数家企业和餐饮业通过编辑部向徐四伸出橄榄枝，想与之合作搞连锁企业，但都被徐四婉拒了。当时我很不理解，细想想，却很敬重他的为人。不贪大求全、不为外物所左右，在一方土地上专心致志地按照自己的节奏和意愿做好自己的事，说起来简单，但又有几个人能达到这样的境界呢？

白土岗辣子鸡是一道带汤的菜，用大盆盛着，上面漂着鲜红的辣椒，色香味俱全，让人垂涎欲滴。一般以捞面条或大米做主食，主食和辣子鸡一起上桌，先将盆中的汤浇在米饭或面条上，肉汤浸入面条或米饭，那主食吃起来格外地香辣美味，但它的辣，又绝不是火辣得让人口舌发麻、发烫的那种，在香辣中带着一点绵长的甘味，美妙无比。我见过很多不吃辣椒的朋友却爱吃辣子鸡，那吃相煞是有趣：在身边放上一杯凉开水，吃两口菜，喝一口水，却依然大快朵颐，决不放箸。

由此看来，美味的诱惑力真是难以抵挡呀！

奇妙的凉茶

曾听外出工作的朋友讲过一则笑话,说她有一次要请朋友吃饭,给朋友们打电话说:“我请你们喝凉茶!”人家嘴上不便问但心中特纳闷:凉茶有啥好请的?!到朋友那儿一看,那天的主食是土鸡加绿豆、莲藕、蒲公英、茅草根炖汤,满屋异香。大家纷纷说:这是滋补鸡汤呀,你说啥凉茶,我们差一点就不想来了。类似的版本听过不止一个。

朋友的朋友不知道:在南召,妇孺老幼皆知凉茶是难得的美食!而外地人多望文生义,以为凉茶是茶的一种,所以才闹了这样的误会和笑话。

凉茶的创造带有明显的地域特色,也跟原来地处深山、山里人长期缺医少药的历史条件有渊源。

所谓的凉茶,就是用山野中的黄花苗(学名蒲公英)、苇子根、紫花地丁、茅草根、夏枯草、狗腥草等新鲜中草药,配以猪排骨或腿骨、绿豆、莲藕,用大锅像熬稀饭一样,熬得排骨炖烂了、绿豆开花了、莲藕熟透了,然后一家人当饭一样吃。凉茶有清热解毒、凉心静血、润肺消燥等诸多功效,是家乡人四季都少不了的药膳。

现在生活条件好了,在凉茶中人们又适时将猪排骨扩展为羊排骨、柴鸡、鸭等，并在日常炮制过程中渐渐地去掉了紫花地丁等苦不堪言的药，使凉茶的口感更好。每每当凉茶熬制好时，豆香、藕香、药香和肉香，数香合一，非常地诱人，用花边细瓷碗盛上一碗，大口啃着排骨、大块地嚼着莲藕，再斟上二两酒一饮而尽，那豪气涌上丹田，才叫得劲和美气哩！即使是平日苦涩的黄花苗，经过这番熬制，吃在口中也苦味全无，竟带着一种药香和淡淡的甜味来，特别地好吃。

凉茶属南召特有。出了南召，即使是紧邻南召县的鲁山等山区县也没有这样的吃法，足见南召人对吃的研究是多么富有创造性。这几年，凉茶成为南召小山城各大饭馆不可或缺的一道风景。因为凉茶颇受欢迎，作为其配料的黄花苗身价也逐年上扬，以至于有些农户看到了这份商机，搞起家庭种植来，有些商户便从鲁山、西峡等山区往南召贩运。尽管如此，黄花苗的价格仍继续保持上扬态势，竟远远超过了鸡蛋、肉的价格。

而到南召喝过南召凉茶的人，往往一喝过就忘不掉，便想自己在家做，无奈缺少原料。特别是鲜黄花苗，不仅被称为植物抗生素，对抗病治病养生有奇效，而且口感清香独特，少了这一味，那做出来的凉茶可就大打折扣了。于是，那些有亲人朋友在南召的，回家探亲返程时拿走一把鲜黄花苗就非常地满足和得意，回到城市，熬出诱人的凉茶来，足以让同事和邻居眼馋呢！

神奇的蚕蛹、蚕蛾

我的家乡南召，被中国特产经济委员会命名为“中国柞蚕之乡”，是全国唯一的一化性优质柞蚕出口基地县。南召柞蚕茧产量占河南省总产量的60%以上，素有“召半省”之称。

柞蚕是一种神奇的生物，一生历经卵、幼虫、蚕蛹、成虫（蚕蛾）四个发育阶段，但仅在幼虫期进食，其他时间均不进食，却产出了世界上最古老、高贵的产品——蚕丝。柞蚕更是一种美丽的生物，一身都是宝。除了柞丝是用来制作高档丝织品、艺术品的原料外，蚕蛹、蚕蛾都是高蛋白的营养品、高档化妆品的原料，晚蚕沙（蚕屎）、蚕蜕、蚕茧、白僵蚕（感染白僵菌病死的蚕）等，也都可入药。据说，现在还研发出了利用蚕蛹长出的冬虫夏草，其医用价值和经济前景更加广阔。小小的柞蚕真是为人类造福不小。

蚕农将蚕宝宝从种子站领回家后，天天要采摘鲜嫩的桑叶来喂蚕宝宝。蚕宝宝吃桑叶的沙沙声，在蚕农听来是世界上最美的歌谣。蚕宝宝的排泄物是蚕沙，有醒神明目之功效，可用来入药，或作高级枕芯。

等蚕宝宝长得全身呈金黄色，蚕就要由屋内被搬到蚕坡上放养。

等蚕吃得滚圆,动作缓慢时,它便不再吃东西,而是从口中吐出长长的丝,一圈一圈地将自己包裹起来,等肚中的丝吐完了,茧也做好了。古人有“春蚕到死丝方尽”的诗句,讲的就是这个过程。蚕丝制作的丝绸、地毯、挂毯、蚕丝被等,历来是高档的消费品,深受国内外市场的青睐。

更为神奇的是,成茧后的蚕并没有死去,而是在白色的茧内变成了黑色或褐黄色的蚕蛹。蚕蛹富含蛋白质、脂肪油,其主要成分包括不饱和脂肪酸和 18 种氨基酸,其中 8 种人体所必需的氨基酸含量都高于大豆,蚕蛹还含有多种微量元素和脂溶性维生素等,有美容、滋补之功效。

在家乡,谁家老人、小孩身体虚弱,邻居有打丝的,打出的蚕蛹总会给病号留着,表达一下邻里的心意。同时蚕蛹有着特别的清香,清水煮蚕蛹,吃的是它的原汁原味,更多的时候,用铁锅加上少许盐水和植物油煎炒的蚕蛹,那香味能飘出半条街,过去小贩们在当街摆卖,是家乡人很喜欢的一个小吃。

不知为何,多年来,柞丝市场疲软,柞丝卖不上好价,可是蚕蛹却成了高档的食品。在农村,常常可看到蚕农将茧从一端剪开口,从中揪出还摇着头的蚕蛹,由城里来的商人一盆盆地收了拉到城里的餐馆卖。近年,鲜蚕蛹干脆成为一个拳头产品,包装好,走入超市,成了高档美味的副食品和礼品。每看到蚕农剖蚕的镜头,心中便不是滋味。想那蚕农心中更不是滋味。蚕蛹本是柞丝的副产品,可现在主产品和副产品整个颠倒了位次,好像养蚕就是为了吃,并不是要用丝绸去创造那高贵美丽的丝织品、艺术品。

蚕蛾则是由茧内的蚕蛹在特定的温度下孵化而成,破茧而出,要繁殖新的一代。

蚕蛾生命很短暂,出茧后,雌蛾尾部发出一种气味引诱雄蛾来交尾,交尾后不久雄蛾即死。雌蛾不吃不喝,约花一晚上产下约 500 个卵，便也会力竭而死。在家乡，老人们将蚕蛾说得神乎其神，说它是吃风拉沫的，带着很浓重的神奇色彩。

雄蚕蛾有较好的滋补和药用价值。据《中药大辞典》载，雄蚕蛾“补肝益肾、壮阳生精”，而《本草纲目》载其“益精强阴”；古代宫廷秘方中的雄蚕蛾酒，则是王公贵族的专利，再加上蚕蛾的生命期也就是春天的数日，便愈显其名贵，一直是当地人馈赠亲朋好友的首选礼品。现在的蚕蛾，一公斤数百元，普通老百姓是吃不起了。

蚕蛾的存放极难，这进一步增加了它的金贵。蚕是极洁净的生物，对空气的质量要求很高。有经验的蚕倌在喂蚕的整个过程中，拒绝女人上蚕坡和蚕房，因为女人用化妆品，蚕一闻便会血茧而死。于是便有些爱占小便宜的女人，故意抹了雪花膏上蚕坡，离得远远地对蚕倌说：兄弟，我来遛点茧。蚕倌一见连忙从蚕筐中抱出一大捧茧送到女人面前说：去吧，大妹子，别上坡了。唯恐那化妆品的味道熏坏了蚕。

活的蚕蛾腌制后挂上粉芡，下油锅炸，那味道奇美；而蚕蛾经过冷藏或者是在活的蚕蛾中混上几只死的蚕蛾，不仅鲜美的味道尽失，而且还会伴有干坏的味道，美味便不再是美味了。

南召扯面

据说扯面并非南召独有，但是扯面的做法像南召一样有那么多讲究的却是不多见。

南召扯面最讲究的是和面。它是做好扯面的关键，面里还要加盐水、油。和面是个力气活，也是个技术活，一般由年轻的小伙子操作，讲究的店师傅要亲自动手。面和好后，拍成薄薄的面饼，涂上香油成排码好，还要让面醒上一夜。第二天，一块小小的面饼，两手轻轻一扯就变成长长的面条，反复扯甩，那面便在厨师的十指中变成无数根丝条，还微微地打着颤儿，像有了生命，简直是魔术表演！

小时候上饭馆吃扯面，最爱站在柜前看人家扯面，常常有着不可思议的兴奋和好奇——那些丝带，放入沸腾的羊肉清汤中，上下翻滚，热闹而有趣。

汤，则是做好扯面的第二大环节。做扯面的汤一般都是羊肉汤，那汤锅是整天不熄火地翻着白色的浪花的，整架的羊骨头放入汤锅中，煮得最好的汤呈白色，羊肉也在这汤锅中煮熟，然后捞出来切成薄片，放在大盆中待用。

厨师在做扯面前，先要用葱、蒜将羊肉爆炒出香味来，更讲究的，要在爆炒羊肉的同时，将木耳、海带、黄花菜一同炒好，然后将菜另盛待用。用小锅兑上羊肉汤下扯面，扯面滚熟后，放上菠菜或小白菜，再加上炒好的料，最后浇上小磨香油，喷香扑鼻、鲜美可口的羊肉扯面就做好了。

坐在扯面馆等待做面的过程，像是一种考验。仅闻着香味胃口已是大开，食欲调动起来了，自己的面还没有来，还得控制食欲，邻座或邻桌大快朵颐的吃相很快就引得自己口水溢满唇齿间，未吃面已是馋涎欲滴。终于等到自己叫的扯面做好了，盛入青花瓷的海碗里，热气腾腾地端上来，绿莹莹的是青菜，如玉般光洁诱人的是面条，黑的是木耳、海带，黄的是黄花菜，白的是汤……吃在口中，真是爽滑细腻、劲道可口、唇齿留香。

做扯面的第三个关键是吃扯面时的佐料。羊油辣椒是用纯羊油加植物油将辣椒面炸一下盛在碗中，冷却后凝结成红红的一整块，食客吃时往往需用筷子用劲剜。剜一大块放入扯面碗中，那蜡似的佐料立刻化成一层鲜艳的红油，这时再尝那扯面，香辣美味、余味无穷。

一碗热辣辣的扯面下肚，热气直往上蹿，热汗好像一下子从全身的毛孔中被逼了出来，辣得爽气，辣得霸道，辣得尽兴。吃扯面没有羊油辣椒，就像山西人吃面少了老陈醋，那可是一件令人痛惜的事。

远方的亲友回家，不管吃不吃别的，总忘不了吃一碗家乡的扯面，他们说：哪儿的扯面都没有家乡的扯面好吃，不吃还真想！我自己在外地也没少吃所谓的天下第一面，等等，但出差数天，回到家总少不了的是要到扯面馆去过一下扯面瘾。

我个人认为：饮食是最能体现一个地方的地域风情的。在外面吃扯面之所以觉得不如家乡的好，其主要原因是汤寡淡，缺少南召扯面的醇厚感。这一是因为山里人厚道，羊肉汤做得地道，真材实料；二是因为羊油辣椒创意奇妙。这两点堪称南阳扯面的精髓所在。想来,外地的扯面只是掌握了扯面的工艺和程序,没有学会这种精髓吧。

其实,从本质上说,饮食习惯是一种舌尖上的乡愁,世间又有什么能够替代的呢?

鸭河鱼

南召东去 40 公里,有鸭河水库,流域达 3030 平方公里,库容达 13.2亿立方米,跨南召、方城、南阳等六县市,水面一眼望不到边。极目远眺,水天一色,波光潋滟,阳光下水面泛着无数双金色的眼睛,水鸟在湖面上竞技舞蹈,让人心旷神怡;清晨或傍晚,广阔的水面上烟波浩渺、云锁雾罩,宛若仙境;鱼虾在清澈的水面下追逐嬉戏,隐约可见。鸭河水库堪称南阳人的母亲湖,也是滋养南阳人的大水井。

鸭河水库水质甘甜清冽,是难得的没有受到工业污染的洁净的天然水源,盛产鱼虾,鸭河鱼更是声名远播。

鱼类富含动物蛋白和钙、磷及维生素 A、D、B_1、B_2 等。鱼类还含有多种不饱和脂肪酸,它能降低胆固醇和甘油三酯,防止血液凝固,对冠心病和脑出血的防治有很好的作用。科学研究表明:长期食鱼对于抗老防衰、延年益寿效果是很明显的。

鸭河的银鱼有软黄金之称,那是普通老百姓不敢问津的奢侈品。鸭河水库出产最多的是鲤鱼和鲢鱼、鲫鱼。这些鱼价格便宜,是南召人喜爱的佳肴,更是宴请宾客必不可少的重头戏。南召人待客,必要上鱼,取自富贵有余之说,敬宾客鱼头酒的礼仪更是体现了山里人的热情好客,同时巧妙地表达了对宾客的欢迎、尊敬和祝福。南召人吃鱼的手法有很多种,如清蒸鱼、一鱼两吃、麻辣鱼、酸菜鱼、糖醋鱼、瓦块鱼……数不胜数,比较有名的是麻辣鱼和酸菜鱼。南召虽然是山区,但是做鱼的特色饭店四处林立,三步一个,五步一家,其吃鱼之盛不亚于南方。这主要得益于鸭河水库这方宝地为南召人提供了丰富的鱼类资源,使山里人也能够完美地享有吃鱼的口福。

在家乡的喜宴和年宴上,鱼更是必不可少。年年有余、吉庆有余,因有了鱼,喜宴和年宴也更增添了喜庆的成分,增添了吉祥欢乐的色彩。我最喜欢吃的便是这时候的糖醋鱼。一整条鱼身上滚满了刀口,像是中国传统年画上那喜气洋洋的鱼,鼓着鳃帮攒着全身的劲以至于全身的刀口像鱼鳍一样地张着,吹唢呐似的,全身披着金光闪闪的甲胄,在琥珀一样的糖醋汁中游弋,神奇而美丽……更有那馋嘴的孩子抢汤匙,满满地舀上一勺糖醋汁,生怕人抢了似的,慌忙送到自己的口中,嘴角边便会留下红红的糖醋汁,还吧吧地咂着嘴唇,那模样真是可爱极了。

鸭河水库的鱼中,高品位的就是翘白鱼了。翘白鱼是食肉鱼,身体扁长,呈银白色,我想是因为它的嘴长得尖且微上翘而得名吧。此鱼肉质异常细腻、鲜美,因生长周期长,数量有限,所以此鱼没有太大的,一般的都是半斤来重,而且这种鱼有特殊的个性,一离开水立即死掉,运输难度大,所以在鸭河除了银鱼,就属此鱼价格不菲了。翘白鱼因个小刺多,所以不宜炖吃。在家乡,人们喜欢将翘白整条洗净佐上葱、蒜、鱼香叶等进行腌制。腌制三四小时后,将其在和好的面糊中洗一下澡,使其表皮裹上一层面,然后放上油在平底锅中煎烤。这样做出来的鱼,表面焦黄,鱼肉细白滑嫩,保持了鱼本身的鲜美,很是味美;如果能够放一放,间顿再回锅热一下,便变得坚瓷嫩白,口味不知要比第一顿好出多少倍呢,所以这样的鱼只可在家中吃,饭店中绝无此等美味,它可以当饭吃,一气能吃个饱。

玉 米 糁

一次我外出学习三个月，踏上回家的行程，想到的第一件事就是喝家中的玉米糁。那个时候我才体会到，离开家乡的人，所谓的想家，首先想念的就是在家中自己喜欢吃的食物。而我当时心里想的念的渴望回到家乡要做的，就是将玉米糁稀饭喝个饱。

玉米糁稀饭在我们的家乡是家常饭，人人会做，家家几乎隔顿不隔天都要吃。所谓的玉米糁就是将玉米在机器中一遍一遍地碾碎，最后碎如沙粒般大小，像一堆金灿灿的金子般可爱，又如西洋画中浓得抹不开的收获的色彩，散发着诱人的玉米的清淡和甜香。玉米糁有两种：一种是净糁，煮出的饭香气诱人而爽口；一种是将玉米糁中掺入少许玉米面，煮出的饭黏香可口，回味无穷。我更喜欢第二种。

玉米糁不是我家乡的特产，只要产玉米的地方大概都熟悉这种粥饭，只是叫法不同罢了。据说东北的大碴子饭就跟玉米糁是同宗。有时到北方的城市去出差，偶尔在宾馆自助餐和快餐店也可以见到它的身影，可是怎么吃也没有家乡的玉米糁好吃。后来，还是在城里工作的家乡人告诉了我其中的奥妙。

我们的家乡地处伏牛山脉的腹地，是个群山环抱的小盆地，海拔高,昼夜温差大,农作物生长周期长,口感和品质就不是平原上的作物所能媲美的;再加上家乡民风淳朴,土地面积小,农民还是运用传统的耕作手法,不习惯使用化肥等生产资料,也使家乡的农作物保持了传统的醇香和质地;再配以家乡特有的辅料和人们在吃的文化方面所表现的聪慧,无疑都对家乡的食物起到了锦上添花的效应。

家乡人做玉米糁稀饭的手段可谓千变万化,层出不穷。一道玉米糁稀饭,夏季加上绿豆,除了增添美味外,还可起到败火消暑的作用。而在里边加上新鲜的豌豆、花生米,那种特殊的香味,足以让人流连忘返。玉米糁和大米合煮成黏稠的粥饭,家乡有句顺口溜:喝了米掺糁,忘了你是谁。喝过此饭,自己是谁都忘了,足见其美味的程度。家乡人煮玉米糁绝少不掺辅料的,这恐怕也是外地人学不来的,即使知道如何做,缺了辅料,也只有望饭兴叹了。

我常想,家乡的玉米糁之所以好喝,便是因为它的"包容乃大"。我从来没有见过任何一种食物会像玉米糁那样有亲和力,任何一种食物辅料和它相配合都能创造出独特的美味,给人们带来不同的享受、不同的美感和惊喜,真的堪称一绝。这也使一种普通的食物从此具有了无限的潜能和创造力,演绎了无穷的版本。最平常的,人们也要在玉米糁中放入芝麻叶、红薯叶、臭娘叶、黄花苗叶,除了有保健的功能,符合营养膳食的标准外,其特殊的香味和口感可谓天下之唯一;最不讲究的也要抓把青菜放里边,既增加了蔬菜的清香,又增加了维生素。

而堪称玉米糁稀饭之精品的,则是先熬玉米糁加芝麻叶的稀饭,先大火后文火熬成后,加入炒好的萝卜丝(讲究一点的还要加羊肉、大肉),再下豆面条,最后淋上小磨香油,绝不用加味精、鸡精等调味品,那香味可谓天下无双,能让你吃得肚子滚圆却还是不想放碗呢。一个北京人到这里来,吃过此饭,不觉大赞:尝遍天南海北的佳肴,还没有吃过如此的美味呢!

萝卜丝干饭

在我们的家乡，所谓的干饭即是蒸米饭。蒸米饭是从大江南北到雪域高原都很普遍的家常饭，可到了我们的家乡，这个家常饭经过家乡人的演绎便有了更精彩、更丰富、更美妙的版本——萝卜丝干饭。

在家乡人心目中，说到吃，如果不说萝卜丝干饭，那就像一桌筵席，上了满桌的菜，却少了一道主菜般地没有高潮，是有缺憾的。

家乡的萝卜丝干饭分两种。一种是素的，将米下锅煮至七成熟，然后用笊篱将米捞出，将萝卜丝加作料炒至五成熟时，再将七成熟的米放在萝卜丝上，稍加一点煮过米的米汤水，先用大火，上气后再用小火焖，还要不断地转动饭锅，使其底部受热均匀。等锅中的水焖干，发出萝卜丝那特殊的清香来，将火全部关掉，再将大蒜、葱花、辣椒切成细碎的小丁，加上盐，淋上小磨香油，然后开锅，将这些辅料在锅中拌匀，一锅萝卜丝干饭便香喷喷地出锅了，吃到口中每一粒米中都饱含着萝卜丝的清香滋润。在家乡它的美味还吸引了神佛的目光，家乡的庙宇寺院中最上等的斋饭，无一例外是它。

第二种萝卜丝干饭，是根据个人的口味，在炒萝卜丝时加上肥肉或五花猪肉，经过炮制后做成的萝卜丝干饭，油气全部被米粒所吸收，香而不腻、细密滑溜、醇香四溢。曾拜读过一位在省城工作的家乡人撰写的《家乡的萝卜丝干饭》一文,读后不觉震撼,家乡的萝卜丝干饭的魅力,居然令一个人几十年念念不忘,魂牵梦萦……

山 蜂 蜜

相传在家乡的老北山坡阴，每年大年三十的晚上，就会发出一种声音："蜂蜜三千斤，单等有福人。"方圆数十里皆能听到，很多人便寻宝似的进山寻蜜。据说在一个大石洞中，藏着三千斤蜂蜜，历经百年而不变质，只等有福、有缘人得到。每年春天很多人也在老北山坡阴上目睹过从石片上流出的蜂蜜，可迄今为止没有一个人找到洞的入口。

我的家乡南召县在伏牛山的腹地，境内的宝天曼被联合国教科文组织命名为"世界生物自然保护圈"，山高林密，植被丰富，花草遍地，蜂蜜便成为家乡的一个特产，也是一道美味。

蜜蜂分为两种：一种是在平原上人工进行放养的，我们称之为洋蜂；一种是在深山中野生的蜜蜂，我们称之为山蜜蜂。山蜜蜂因为是野生的，采深山的百花为蜜，人们要割蜜，是从蜜蜂口中夺食，一则不易，二则数量极少，所以山蜂蜜便比较珍贵。

山里人都认为山蜜蜂是上天赋予的财富，是有灵性的。在家乡还流传着一种说法：谁的财气和福气到了，谁就能发现野蜂群，就能顺利地将蜂群收为己有，蜂群也就能兴旺发达起来。否则，即使发现了野蜂群也是不能给自己带来好运的。对那些收蜂被蜇伤、蜇死的，家乡人就会说：不是自己的财气就不能强求呀！这更为山蜂蜜增添了神奇的色彩。

李时珍在《本草纲目》中记录：“蜂蜜，益气补中，止痛解毒，清热润燥，除众病，和百药，久服强志轻身，不老延年。”而家乡人普遍认为它是营养价值最高、营养成分最全面的保健品，有润肺消燥、排毒通便、补中益脾、美容养颜、消除疲劳、改善睡眠、延年益寿等奇效，所以价格不菲。山蜂蜜通常是洋蜂蜜价格的数倍。

因为有很多神奇的功效，在家乡，人人家里都少不了山蜂蜜。小孩百日咳，吃药治不好，用蜂蜜煎个柴鸡蛋或者是癞肚皮草，吃两次保管就好了，小孩子还特喜欢吃。小时候本人就有因馋吃山蜂蜜，而假装咳嗽骗吃蜂蜜鸡蛋的经历，和友人说起来大家相视大笑，原来她们也玩过这把戏，倒不是父母看不出来，只是父母不忍揭穿，还要竭力满足孩子的小愿望。吃鱼时，鱼刺卡在喉咙了，喝口山蜂蜜，刺便立消；山里刺多，偶尔刺扎在肉中，用山蜂蜜在伤处涂抹一下，稍候，用手一挤伤处，那刺便自动从肉中跳出，而用洋蜂蜜则无效，煞是神奇。

山蜂蜜的可贵还在于它很耐存放，如果用陶瓷或木制的容器存放，不使其沾染生水，好蜂蜜可存放数十年不变质。

家乡的山蜂蜜不经炼制时，带着蜂批和蜂蜡，在冬天会凝结成一块，要用小刀来分割才能食用，这样的山蜂蜜才是没有一点杂质、原汁原味的纯正山蜂蜜呢。在其他季节，真正的山蜂蜜，用食具挑起一点，扯起的丝会有反弹现象。人们常说“生活比蜜甜”，揣想蜂蜜是很甜的。可实际上真正的山蜂蜜，除了甜，后味还有一些微酸。可惜，除了山里人，真正懂蜂蜜的人并不多。

有一次在山里买蜂蜜，卖蜂蜜的人家有一个老婆婆，八十多岁了，我去的时候，她正坐在阳光普照的农家小院中喝蜂蜜茶。和她聊起来，居然耳不聋、眼不花。她说的一句话，让我记忆犹新。她说：“都说城里好，我看城里人蛮可怜的，连杯上好的蜂糖（蜜）茶都喝不上，有啥好啊？”

五 骨 汤

在家乡，每交头九即冬至这一日，家家户户都有熬五骨汤的习俗。按家乡人的说法，冬至这一日，标志着冬季到来，阴气侵袭，阳气消退，气候变冷。阴阳交替，季节变换，正是邪气入侵、人容易得病的时候，因此，人应该适时进补，以强身健体，提高免疫力及御寒的能力。五骨汤，既是一种独特的美味，又营养全面，富含蛋白、钙、铁等人体所需物质，充分体现了现代“药补不如食补”的科学饮食理念，是饮食文化上很好的创意。

五骨汤，一般用猪排骨、羊骨加牛骨头，或配以家乡的野兔、大雁或鸡、鸭、鸽子等，凑够五种，再加上有润肺消燥、生津止渴功效，素有小人参之称的白萝卜，用大锅慢慢煮，直到汤煮得白乎乎的，像加了牛奶，一抖骨头肉尽落，香味可飘数里时，五骨汤才算大功告成。家乡人认为，进补的食品不能加盐。不知道这种理论来自何典，但是代代都遵循着。五骨汤虽是甜汤，却香味浓郁绵长，口感清香甜美，远远地闻着，已勾得人馋虫蠢蠢欲动了。

因这种习俗，在家乡，冬至前几日五骨汤所用的原料都会被抢购一空。本地的商贩一般都要提前一周，从外地贩运来羊骨头、牛骨头，用三轮车推着沿街叫卖,这个在外地人看起来不起眼的节气,贩骨头的商贩们每年都能着着实实地在南召赚上一笔呢。

那几日,小城的上空飘着五骨汤的浓香,人人的唇齿间皆留有余香,好像整个山城都浸润在浓浓的五骨汤里了。

大锅菜

在家乡，大锅菜还有一种叫法叫搅锅菜，可谓上得厅堂、入得厨房、雅俗共赏的一道佳肴。

平常人家，日常吃的大锅菜不是太杂，无非就是豆腐、白菜、肉、粉条等几样菜的组合；而它的面目是可以千变万化的。逢年过节可就不一样了，这时候要用肉汤泡制，要将豆腐炸成焦黄的豆腐块，家家都要拿出收藏的干豆角、红薯梗、拳菜，提前在清水中泡发，再炸丸子。然后将这些干菜、豆腐块、丸子配上粉条、白菜、芹菜及五花肉煎炒，制成一盆盆的搅锅菜。这时，青菜的鲜味、干菜的淡雅和大肉的香味互相补充、配合，使搅锅菜香而不腻，色香味俱佳。在家乡，搅锅菜是每个人的最爱，一道菜足可以让每个人找到自己喜欢吃的，足可以适合每个人或清淡或肥腻的不同口味。

在家乡红白喜事的待客宴席上，搅锅菜往往是主要角色。在这种场合，亲朋好友等各色人物川流不息，人员众多。主家往往是宰上一头猪，整扇的肉在大锅中煮过后，厨师就要做大锅菜了。搅锅菜做好后，馒头是用箩筐放着，搅锅菜用盆子装着，一桌上满满的一盆，大米稀饭在大锅中翻着滚，一人一大碗，菜、馍、饭吃完自己动手来取，没有限量的。这样的盛宴,充分体现了山里人的豪爽和厚道。有时候,一家有事全村老少齐上阵,帮忙的人马不停蹄,有买菜的、招客(招客还分大招、小招)的、洗菜的、烧柴的、洗碗的,人人都能找到自己的位置,场面隆重盛大却有条不紊。谁家的事办得体面不体面,一个重要标志,便是揽锅菜中的肉块多不多,肉块大不大,肉块肥不肥。

揽锅菜的好坏成了体面不体面的象征,可见揽锅菜在当地人心目中的地位是多么重要了。

蜂蜜芝麻酥

蜂蜜芝麻酥是我们家乡的一种点心，是一个王姓的私人作坊做的。这个作坊不做别的，就做这一样点心，而且仅在冬季做，其他的季节，主人都是架着一头鹰打猎。我曾经好奇地问：他靠什么生活？家人告诉我说，这人是某食品厂的高级糕点师，病退了，有一份退休金呢。

蜂蜜芝麻酥，实际上就是用蜂蜜裹上炒芝麻和炒花生仁，冷却后切成薄片，吃到口中香甜酥脆，煞是好吃，据说还有平喘止咳之功效。我觉得其美味主要在于不惜料，不用劣质蜂蜜或蔗糖替代。

可惜，这两年因为蜂蜜、芝麻都涨价太多，王家便不做这点心了。一次在超市中，看到北京一家做的芝麻酥和王家的有点形似，便买了一袋，谁知回到家中，小儿先食，便说不好。我一尝，果然和王家的相比差得太远，首先可以肯定它用的是蔗糖，除了甜，全没有了香味，也没有酥脆感，放在茶几上变质了也没人吃，最后只好扔掉。

柿　　子

又到秋高气爽、瓜果飘香的季节。在这个季节里,家乡最热闹、最美丽、最扬眉吐气、最喜庆的水果,当属在高高的枝头打着一盏盏红灯笼的柿子了。

说它热闹,是因为在家乡柿子是最普遍的水果,随处可见;说它美丽和喜庆,自然是因为它在成熟时那火红的颜色了。

柿树是一种生命力很强的树种,山野中的柿树很少是人工栽种的,一般是小鸟、野兽从哪里带来一颗种子,第二年那种子便在土中发芽生长,既而长出了一棵柿树。山里的人进山砍柴、放羊,有心人便在那间隙中,用随身带的镰刀对柿树进行改造,从别处剪一枝品种好的柿树枝条,进行嫁接改良。这些都是山里人自觉的行为,也并不因为自己对树的改良而将其据为己有,等小树挂了果谁想采摘谁就采摘,山里的树没有明确的归属。除了人摘的,鸟儿、野兽吃的,山里的果子很大部分都又回馈了大自然,烂掉在山里,成了大山的肥料。

在家乡,柿子有很多种,有盖柿、灰不掉、面柿,等等。盖柿是要吃懒柿的,灰不掉却是可吃懒柿也可吃烘柿的。懒柿是柿子泛黄时从柿树上摘下经过脱涩工艺处理,看上去还是青的,吃起来却是脆甜的。

烘柿是自然经霜打后变得软甜、鲜红的柿子,或者是人工从树上摘下用筐子码好放入地窖或密封的容器中,再放把麦秸火,密封好,三天后,那柿子便一个个像红灯笼般地鲜艳可爱、果香四溢了,撕破柿皮,像喝果汁般猛吸一口,甘甜滑爽,满口余香,那是一种非常美妙的口感享受,是老少皆宜的美味品。柿子味美,营养丰富。柿子中含碳水化合物很多,每100克柿子中碳水化合物达10.8克,其中主要是蔗糖、葡萄糖及果糖,这也是大家感到柿子很甜的原因。柿子中还含有少量的脂肪、蛋白质、钙、磷、铁和维生素C等。另外,柿子富含果胶,这是一种水溶性的膳食纤维,对保持肠道正常菌群生长等有很好的作用。

中医认为,柿子味甘、涩,性寒,有清热去燥、润肺化痰、软坚、止渴生津、健脾、治痢、止血等功能,可以缓解干咳、喉痛、高血压、便秘等症。所以,柿子是慢性支气管炎、高血压、动脉硬化、内外痔疮患者的天然保健食品。用柿子叶煎服或冲开水当茶饮,有促进机体新陈代谢、降低血压、增加冠状动脉血流量及镇咳化痰的作用。

吃柿子有很多好处,但是科学研究也发现柿子不宜空腹多食,因柿子含有较多的鞣酸及果胶,在空腹情况下容易形成胃柿石。可家乡的老人却说:那是指涩柿子,烘柿吃多少都不会伤人的。不知道是否有科学道理。

柿子可以做成很多副产品,小时候学校门口那2分钱一根、上面泛着白色糖霜的柿子皮是所有孩子的最爱,比现在的孩子吃大大卷惬意多了。

在家乡,人们还将柿子做成柿子酒。更有一种将未脱涩的柿子密封在容器中做成的柿子醋,是百分之百的天然绿色食品,对喝酒、暴饮暴食等导致的肠胃损伤有神奇的疗效,且口味醇正绵长,实在是人间不可多得之美味。可惜,不知为何时至今日也只是在农家珍藏,不能批量生产,为此,我常常惋惜,如果加以开发利用,谁敢说不能与山西的老陈醋媲美呢?

家乡有那么多的柿子却没有深加工的开发,一想起就觉得是一种隐痛。今年,在太山庙皇沅茶业有限公司,看到他们在小柿叶上做大文章,不仅商通大江南北,而且成为制定行业标准的龙头企业,在上海股权托管交易中心正式挂牌上市,心中那个美呀,家乡的柿子终于可以开发出产品登上大雅之堂了,这比喝了柿子酒还让人心醉!

灰灰菜饺子

灰灰菜是家乡的一种野菜，田头、崖边、房前、屋后无处不有、无处不在，特别是春天，田野中长得最高最茂盛，一场春雨后绿油油的叶子，放眼望去像示威似的，一定是灰灰菜；如果不拔掉它，它会像小树一样长到半人高，可见其生命力之旺盛。我家的屋后特意开辟了灰灰菜园，从春天开始，隔几天掐其嫩尖吃，一直到夏中都有鲜嫩的灰灰菜。

灰灰菜富含铁质，嚼在口中有一种涩涩的感觉，但是灰灰菜淘洗干净后，在沸水中焯一下，挤出水分，在案板上细细切碎，然后配上炒好的鸡蛋，调上盐、小磨香油拌匀，鸡蛋金黄金黄的，灰灰菜像被漂洗过了一样，由苍绿变为翠绿；青黄相间，色泽鲜艳动人，煞是好看。包成饺子，或蒸或煮或煎，饺子入口咸香适宜、淡香宜人、清爽可口，再加上灰灰菜特殊的质感和清香味道，可谓难得之美味。我敢保证你吃过这种饺子之后，再吃什么素馅饺子均觉无味。如果按照个人的口味配以肉馅，则口感更加美妙。

每吃灰灰菜饺子便常恨自己囊中空虚，否则也开个饭庄之类的，仅此一个灰灰菜饺子便可网尽天下爱食饺子之君，还怕不财源滚滚吗？

蒸　　菜

在家乡,特别是在家乡的农村,家家的主妇都是做蒸菜的高手,家家都吃蒸菜,蒸菜是个极平民化、极亲切的菜肴。

之所以说到家乡的吃,要写上蒸菜一笔,是因为在家乡蒸菜的范围之广、花样之多,让人咋舌。

也许是早年粮食短缺的原因,家乡的主妇们便想到了以菜代粮的法子,既增添了美味,又节省了粮食,实在是很智慧的创意。如今,虽然粮食充裕了,但因为其美味,蒸菜反倒成了为餐桌增色的主儿,不能不佩服普通人民来源于生活的智慧。

在家乡,从春天的花花草草开始,什么榆钱、槐花、葛花、毛妮菜、荆芽、豌豆苗、桐花、马齿菜、面条菜、秤杆菜、扫帚苗、荠菜……夏天的荆芥、菜豆角……到冬天的红萝卜叶、茼蒿……一年四季都有可蒸的菜吃,且多是来自大自然的野菜。蒸菜的做法很简单,摘鲜菜洗净,沥干水分,拌上玉米面或小麦面(两者的区别是口感不同),上锅蒸半个小时后,配以姜蒜泥、辣椒即可,讲究的还要在做蒸菜时加上腊肉,将腊肉切成小丁和蒸菜拌匀一起上锅蒸。做好的蒸菜鲜嫩滑溜,绵软而不黏烂,清香而不油腻,可谓百吃不厌的美食呀!